Ulrike Rylance

Der Tiersitter-Club

Alles für die Katz

© Mary Grace Long

Ulrike Rylance, geboren 1968, schreibt gern Kinderbücher und hat die zwei süßesten Hunde der Welt. Die dürfen ihr auch beim Schreiben zusehen, aber nur wenn sie nicht den Computer anknabbern. Sie wohnt seit 2001 in Seattle, USA, und hat auch die zwei süßesten Töchter der Welt – sowie einen relativ süßen Ehemann.

Meike Hamann, geboren 1973 in Essen, studierte Heilpädagogik mit Schwerpunkt Kunsttherapie in Köln und Kommunikationsdesign mit Schwerpunkt Illustration in Essen. Seit 2006 arbeitet sie als Illustratorin und Grafikerin.

ULRIKE RYLANCE

Der Tiersitter-Club

ALLES FÜR DIE KATZ

Mit Illustrationen von

Meike Hamann

dtv

Von Ulrike Rylance sind bei dtv außerdem lieferbar:
Penny Pepper – Alles kein Problem
Penny Pepper – Alarm auf der Achterbahn
Penny Pepper – Chaos in der Schule
Penny Pepper – Tatort Winterwald
Penny Pepper – Spione am Strand
Penny Pepper auf Klassenfahrt
Penny Pepper – Diebesjagd in London
Penny Pepper – Schurken auf dem Schulhof
Penny Pepper – Hochzeitstorten und Halunken
Penny Pepper – Wildschweine und Umweltferkel
Penny Pepper – Überfall im Hühnerstall
Penny Pepper ermittelt (Doppelband)
Penny Pepper – Tatort Schule (Doppelband)
Penny Pepper – Detektive auf Reisen (Doppelband)
Ein Date für vier
Mein Mathe-Desaster oder der lange Weg zum ersten Kuss
Zweite Pause Zoff und Zucker
Todesblüten
Meine fantastischen Tierfreunde
Das magimoxische Hexenhotel – Auch Hexen brauchen Urlaub
Das magimoxische Hexenhotel – Klassenfahrt auf Knatterbesen
Das magimoxische Hexenhotel – Vorsicht, bissige Gäste!

FSC www.fsc.org
MIX
Papier | Fördert gute Waldnutzung
FSC® C014496

Originalausgabe

Umschlagbild und -gestaltung: Meike Hamann
Gesetzt aus der Asap
Layout: Meike Hamann
Satz: Eberl & Koesel Studio, Kempten
Druck und Bindung: GGP Media GmbH, Pößneck
Printed in Germany · ISBN 978-3-423-76483-4

1. Endlich haben wir Glück

An alle Katzenliebhaber! Dringend!

Ich suche jemanden, der auf meine Katze Goldschnucki aufpasst, während ich auf Reisen bin. Goldschnucki muss täglich ihr Bio-Goldfutter und frisches Wasser bekommen. Ihre Pipi-Box muss sauber gemacht werden. Außerdem muss jemand mit ihr spielen, sie streicheln, lieb haben und ihr sagen, dass sie die beste Katze der Welt ist. Zweimal täglich.

Bezahlung nach Vereinbarung.
Bei Interesse bitte melden bei:
Frau Greta Albert, Johannstraße 40

Diebe und Betrüger brauchen gar nicht erst zu klingeln!

Dieser Zettel klebte an einer Straßenlaterne vor unserem Haus.

»Polly«, habe ich langsam zu meiner besten Freundin gesagt. »Denkst du gerade, was ich auch denke?«

»Ich denke gerade, was du auch denkst«, hat Polly geantwortet. »Das ist *die* Gelegenheit.«

»Das ist *unser* Job!«, habe ich ihr zugestimmt. Dann wollte ich mich mit ihr abklatschen, aber Polly hat das nicht so schnell kapiert und so hätte ich ihr beinahe eine geknallt. Zum Glück konnte sie noch rechtzeitig ausweichen. Aber es stimmte – das *musste* einfach unser Job werden. Seit einer Woche hatten wir nämlich schon versucht, irgendwo einen coolen Sommerjob zu finden, und dauernd in die Zeitung geguckt, ob wir etwas Interessantes sehen.

Zum Beispiel so etwas wie das hier:

Eisverkäuferin –
wir suchen dringend zwei zehnjährige Mädchen, die sich hervorragend mit allen Eissorten auskennen. Tägliches Verzehren von mindestens zehn Kugeln Eis erwünscht. Bezahlung: 32 Euro pro Stunde!

Rummelgespenst –
wir suchen ab sofort zwei zehnjährige Mädchen, die sich gern als Gespenster verkleiden und in der Geisterbahn auf der Parkwiese die Besucher erschrecken. Bezahlung: 35 Euro pro Stunde sowie freier Eintritt für alle Karussells und Fahrgeschäfte!

Rutschen-Tester –
wir suchen händeringend zwei zehnjährige Mädchen, die täglich ein paar Stunden lang unsere Wasserrutschen im Freizeitbad Neptun testen. Freier Eintritt ins Bad, endlos Pommes und Wiener Würstchen, sowie 40 Euro pro Stunde Bezahlung!

Das stand aber nie in der Zeitung. Das war natürlich blöd. Deshalb hatten wir uns selbst auf den Weg gemacht und überall mal nachgefragt.

Es waren nicht ganz die Antworten, die wir uns erhofft hatten.

Aber jetzt gab es da jemanden, der einen Job für uns hatte. Wir lieben beide Tiere! Leider darf Polly kein Haustier haben, weil ihre Mama sonst die Krise kriegt, und ich habe nur einen kleinen Zwergpapagei zu Hause.

Jedenfalls haben wir beide keine Katze, und so eine süße Goldschnucki streicheln und füttern, das war ja wohl die leichteste Sache der Welt. Und dafür gab es sogar

Fette Kohle!!

Wir haben uns also angeguckt und in dem Moment beide dasselbe gedacht: Wir konnten in zwei Minuten dort sein! Die Johannstraße war nämlich gleich um die Ecke. Da sind wir losgerannt, aber vorher haben wir noch den Zettel von Frau Albert abgerissen, zerknüllt und in den Mülleimer geworfen, damit uns niemand zuvorkommt. Ha! Clever!

Wir haben es in einer Minute und zweiundvierzig Sekunden geschafft!

Eine Frau mit roten Turmhaaren, ungefähr siebenundzwanzig Goldketten und einem grünen Kleid mit Mohnblumen drauf hat uns die Tür aufgemacht. »Ja?«, hat sie gesagt und uns misstrauisch beäugt. »Wir kommen wegen Goldschnucki«, habe ich geantwortet. »Wir wollen sehr gern auf sie aufpassen und mit ihr spielen.«

»Hm.« Die Frau hat uns nicht reingelassen. Hinter ihr hat es geknallt und geklirrt und ein beleidigtes Miauen war zu hören.

»Ach wie süß«, hat Polly ausgerufen. »Das ist bestimmt die allerliebste Goldschnucki!« (Wenn Polly will, kann sie ganz reizend sein, und alle Erwachsenen fallen immer drauf rein. Fast alle. Diese hier nicht.)

»Wie alt seid ihr denn überhaupt?«, wollte die Frau wissen.

»Zeh…wölf«, hab ich schnell gesagt. Vorsichtshalber.

Jetzt hat die Frau geseufzt und ich war schon voll darauf gefasst, dass sie »Ihr seid doch viel zu jung!« ruft und die Tür wieder zuknallt.

Hat sie aber nicht.

»Ich bin wirklich in Eile«, hat sie gejammert. »In einer Stunde geht mein Zug. Und bislang hat sich noch niemand gemeldet.«

Ich habe Polly heimlich angegrinst. Polly hat zurückgegrinst. Wir hatten den Job quasi schon in der Tasche.

»Dann kommt mal rein«, hat die Frau gesagt und ist zur Seite getreten. In diesem Moment flog ein fauchendes Monster durch die Luft, landete auf den Gardinen, ratschte einen Riss hinein, sprang auf den Boden und verschwand unter der Couch.

»Das ist sie«, hat die Frau zärtlich gesagt. »Das ist meine süße Goldschnucki. Ihr werdet sie lieben.« Sie hat sich gebückt und einen goldenen Napf hochgehoben.

»Komm her, mein Schnuckimucki. Ja, wo ist denn mein Goldschatz? Fresserchen für meine Goldi!« Die Frau hat uns zugezwinkert. »Mit dem Napf klappern hilft immer, dann kommt sie angerannt. Deine Mama geht jetzt auf Reisen, mein Engelchen.« Das galt wieder Goldschnucki.

Wir haben den Atem angehalten, falls das fauchende Monster wieder angeflogen kam, aber nichts passierte. Den Atem anhalten war trotzdem gut, weil es in der Wohnung ein bisschen schrecklich gemüffelt hat. So nach Katzen-Pipi.

Die Frau hat jetzt den Napf wieder hingestellt und einen Stift (golden) genommen und schnell eine Liste geschrieben, was wir alles machen sollten.

Merkliste für Goldschnucki

Unbedingt:

- Jeden Tag frisches Wasser und Gold-Biofutter geben!
- Mit ihr spielen. Ihre 234 Spielzeuge befinden sich in der Kiste in der Ecke.
- Sie streicheln (zehnmal am Tag).
- Ihr sagen, dass sie die schönste und beste Katze der Welt ist.
- Ihr Lieblings-Fernsehprogramm anmachen. (»Abenteuer der Wildnis« und »Glühende Herzen«)
- Ihre Kissen aufschütteln.
- Ihr Fell bürsten.
- Sie abends in ihr Katzenbettchen legen und mit der Kaschmirdecke zudecken.

Auf gar keinen Fall:

- Rauslassen! Goldschnucki bleibt immer in der Wohnung!
- Schimpfen, wenn sie ihr Pipi nicht in die Box … äh, ihr werdet schon sehen.

Dann hat Frau Albert auf die Uhr geguckt, wieder geseufzt und uns einen Schlüssel (golden) mit den Worten »Ich verlasse mich auf euch, ich komme übermorgen wieder. Ihr seid doch keine Betrüger und Diebe, oder?« überreicht.
Wir haben geschworen, dass wir ganz ehrliche und zuverlässige zehwölfjährige Mädchen sind, und dann ist die Frau davongerauscht.
In den Moment ist uns eingefallen, dass wir gar nicht nach der Bezahlung gefragt hatten. MIST.
Und Polly hat gesagt: »Frieda – wir müssen Goldschnucki irgendwie unter der Couch hervorlocken. Sonst können wir ja gar nicht mit ihr spielen.«
Doch in dem Moment kam die Katze von ganz alleine hervorgekrochen. Sie hat uns angeguckt und miaut. Sie sah wirklich wahnsinnig süß aus. Auf eine etwas wohlgenährte Art süß. Und dann ist Goldschnucki zu ihrem Katzenklo gegangen, davor stehen geblieben und hat direkt auf den Teppich gepinkelt.

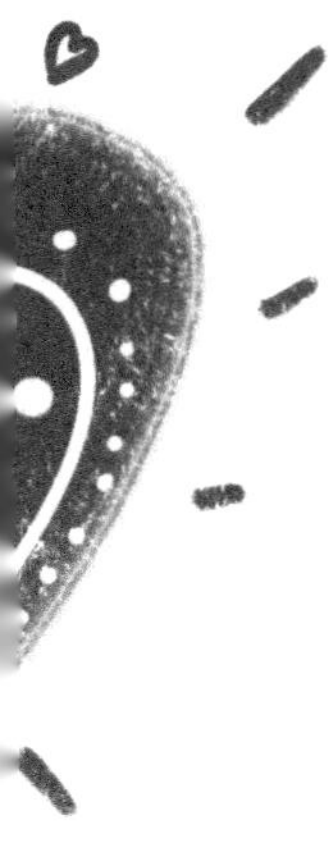

»Iiiiihks!« Polly ist erschrocken zur Seite gesprungen. Das Katzenpipi ist sofort in den Boden eingesickert. Man konnte überhaupt nichts mehr davon sehen, weil der Teppich sowieso lauter dunkle Muster hatte. Oder war das etwa alles EHEMALIGES Pipi?

WÜRG

Goldschnucki ist jetzt zu einem goldenen Kissen in der Ecke geschlendert. Darauf hat sie sich fallen lassen wie ein erschöpfter Boxer und hat uns aus kleinen schmalen Augenschlitzen beobachtet. Sie war echt die niedlichste Katze der Welt! So süß und fluffig. Wahrscheinlich war sie nur ein bisschen kurzsichtig und hatte eben ihr Katzenklo nicht richtig gesehen.

? Können Katzen kurzsichtig sein?
Und Kontaktlinsen tragen?

»Ich ersticke gleich«, hat Polly neben mir gejammert. »Das müffelt so schrecklich hier drin. Mach doch mal das Fenster auf.« Sie hat demonstrativ die Luft angehalten.
Um an das Fenster zu kommen, musste man erst die wulstige Gardine zur Seite schieben. In dem Moment, als ich ein bisschen an der Gardine gezogen habe, ist Goldschnucki von ihrem Kissen aus auf die Couch gesprungen und dann wie eine Rakete die Gardine hochgesaust.
Ach wie süß, sie wollte mir helfen!
Leider haben sich ihre Krallen in dem bestickten Dingsbumszeug verheddert und mit einem lauten Kkkrrrrrzzzzz ist der Stoff eingerissen und diese herzallerliebste Katze von unbeschreiblicher Schönheit und

Eleganz ist langsam darauf nach unten geglitten wie ein kleiner dicker Surfer.

Jetzt hatten wir zwei halbe Gardinen. Goldschnucki sah äußerst zufrieden aus. Vielleicht würde sie gern als Wohnraumdesignerin arbeiten?

Die Gardinen sahen eher weniger zufrieden aus. »Meinst du, Frau Albert meckert, wenn sie das sieht?«, habe ich Polly nervös gefragt.

Aber Polly konnte nicht antworten. Sie hat immer noch die Luft angehalten und war schon ganz violett im Gesicht.

»Polly, jetzt atme doch endlich wieder«, hab ich gerufen und an dem blöden Fenster gerüttelt. Es ging nicht auf.

»Phhhhhhhh«, hat Polly schließlich gekeucht. »Boah, hier stinkt's. Das halte ich nicht aus.«

»Auch nicht schlimmer als auf unserem Schulklo«, habe ich geantwortet. Obwohl das nicht ganz gestimmt hat. (Das hier war schlimmer. Vielleicht sogar noch schlimmer als die Schulklos von den Großen. Schwer zu sagen, wir gehen da nie hin. Wir sind erst in der fünften Klasse.) Jetzt konnten wir endlich anfangen, mit dieser süßen

Katze zu spielen. Hurra! Wir sind also zu ihrer Kiste in der Ecke gegangen und haben ihre Spielsachen rausgeholt. WOW! Goldschnucki hatte so viele schöne Dinge! Beneidenswert! Unser Papagei Rudi hat nur so Klettertürme, die Papa selber baut.

Was Goldschnucki alles hatte:

- ganz viele Bällchen aus Samt und Gummi
- ganz viele Angeln mit so Flatterbändern dran
- mehrere Mäuse zum Aufziehen
- endlos viele süße Plüschtiere (Schweinchen, Meerschweinchen, Eichhörnchen, Häschen, Teddys, Kätzchen und sogar einen Plüschpudel)
- Bilderbücher von einer Katze namens Mokka-Mieze, die Schönheitskönigin wird und total eingebildet ist und alle anderen Katzen herumkommandiert
- Wollknäuel, Fellpuschel, bunte Kugeln
- Katzenpuzzle

Als Erstes haben wir ihr die Bällchen zugerollt, aber da hat sie nur gegähnt. Die Angeldinger haben sie auch nicht interessiert. Die Mäuse hat sie hasserfüllt angeguckt. Das Plüscheichhörnchen hat sie ein bisschen gestreichelt. GOLDIG! Doch dann flog es auf einmal unter die Couch. Interessant. Wahrscheinlich ein Flughörnchen mit Batterie oder so? Jetzt haben wir ihr den Plüschpudel hingestellt. Und es war Liebe auf den ersten Blick! Goldschnucki hat ihm mit ihrer süßen dicken Pfote über den Kopf gepatscht. Aber plötzlich hing sein linkes Ohr nur noch an einem Faden.

Hm. Konnte es sein, dass Goldschnucki etwas anderes spielen wollte?

»Wie wäre es mit lieb haben und streicheln?«, hat Polly vorgeschlagen. »Was sollten wir ihr gleich sagen?«

(Pollys Stimme klang ein bisschen seltsam, so als ob sie Schnupfen hat, weil sie nur noch durch den Mund geatmet hat.)

»Du bist die beste Katze der Welt, Goldschnucki«, habe ich von dem Zettel abgelesen. Zweimal. Und Polly hat Goldschnuckis wuschliges Fell gestreichelt. Aber nicht lange. Dann ist diese herzallerliebste Katze

abgehauen und hat das Puzzle mit dem Schwanz kaputt gemacht. Bestimmt aus Versehen. Als ich ihr das Wollknäuel zugerollt habe, hat sie es zurückgerollt! Süß! Allerdings mit vollem Karacho und unter die Couch zu dem einsamen Eichhörnchen.
Den Abenteuern von Mokka-Mieze hat sie nur zehn Sekunden lang zugehört, dann wollte sie nichts mehr davon wissen. Mokka-Mieze war ja auch eine total blöde Schnippdistel.

Jetzt gingen uns allerdings bald die Ideen aus, was wir mit dieser niedlichen kleinen Zuckerbombe machen konnten. »Vielleicht hat sie Hunger?«, hab ich überlegt. »Wir könnten ihr doch etwas von ihrem kostbaren Futter geben?«
Tatsache – als wir die Dose mit dem Bio-Goldfutter

(Geschmacksrichtung Thunfisch in Schleim) geholt haben, glimmerte zum ersten Mal ein bisschen Interesse in Goldschnuckis Augen. Als das Futter in ihrem Napf

drin war, hat sie als Allererstes das kleine Plüschmeerschweinchen geholt und in dem Napf versenkt. Sie wollte ihr Essen teilen! Goldschnucki war nicht nur süß anzuschauen, sondern auch hilfsbereit!
Aber essen wollte sie trotzdem nichts. Sie hat nur kläglich miaut. Arme Goldschnucki!

Der Job als Katzenaufpasser war echt schwieriger als gedacht. Jetzt hat Goldschnucki das Meerschweinchen aus dem glibberigen Futter wieder rausgeholt und voller Elan hoch durch die Luft geworfen, dass es oben auf der Lampe gelandet ist. Von dort tropfte jetzt Bio-Thunfisch-Pampe runter auf den ohnehin schon besudelten Teppich. Ich war mir ziemlich sicher, dass Frau Albert nicht so richtig glücklich über ihr Wohnzimmer sein würde, wenn sie übermorgen wiederkam.

»Uäh, Fischmief und Katzenpipi, ich sterbe gleich«, hat Polly gesagt und sich die Nase zugehalten. Und dann ist sie zur Balkontür gegangen und hat sie aufgemacht, um endlich frische Luft reinzulassen.
»Okay, süße Katze – was genau möchtest du?«, habe ich es noch einmal versucht. Aber in dem Moment ist Goldschnucki in einem absoluten Affenzahn zur Balkontür

gestürzt, hinausgerannt und, zack, auf die Balkonbrüstung gesprungen. Aha – DAS wollte sie!
Aber noch ehe eine von uns beiden »Piep« sagen konnte, ist Goldschnucki vom Balkon gesprungen und war auf einmal

WEG!

2. Wo ist Goldschnucki?

Wir sind raus auf den Balkon geprescht, aber Goldschnucki war nirgendwo zu sehen.

»Er…erinnerst du dich noch daran, w-w-was auf dem Zettel gestanden hat?«, habe ich gestammelt.

»Ja«, hat Polly gepiept. »Da stand …«

Auf gar keinen Fall:

- Rauslassen! Goldschnucki bleibt immer in der Wohnung!

Oh Mann! Und was jetzt?

Wir konnten ja nicht gut hinterherspringen, deshalb sind wir so schnell wir konnten aus der Wohnung gerannt (den Schlüssel haben wir zum Glück nicht vergessen!)

und runter in den Hof von Frau Alberts Haus gerast. Dort haben wir Goldschnucki gesucht und nach ihr gerufen.

»MIEZ, MIEZ«

»Goldschnucki, herzallerliebste Katze der Welt!«
»Wo bist du, fluffige Schnucki?« NICHTS.

Wir haben hinter jeden Busch geguckt. Wir haben hinter die Mülltonnen geguckt. Wir haben sogar IN die Mülltonnen geguckt. WÜRG

WIR WURDEN IMMER VERZWEIFELTER! Vielleicht kam die Katze ja zurück, wenn wir ihr was Schönes versprachen?
»Goldschnucki, du darfst drei Stunden lang Fernsehen gucken! Du darfst den Rest der Gardine zerreißen! Du darfst auf die Couch pullern! Du darfst die Couch zerreißen und auf den Fernseher pullern, du darfst den Fernseher zerreißen und …«

»Ja, sagt mal, was brüllt ihr denn hier so rum?«, hat uns plötzlich ein Mann angemeckert, der auf dem Balkon über der Wohnung von Frau Albert stand.
»Wir suchen unsere Katze, die ist ausgerissen«, hab ich geantwortet. »Haben Sie die gesehen? So eine weiße, süße, fluffige. Sie heißt Goldschnucki.«
»Etwa der fette Stubentiger von der Albert?«, hat der Mann sich erkundigt. »Der immer so schrecklich laut miaut? Wusste gar nicht, dass das Vieh laufen kann. Ich dachte, das rollt nur, hahaha!«
Hier hat der Mann so sehr gelacht, dass sein Bauch gewabbelt hat. So ein Blödi!

»Sie rollen ja selber gleich vom Balkon«, hat Polly gekontert. Polly hat zwei große Brüder, da lernt man so was. Und dann mussten wir leider wegrennen, weil der Mann sich furchtbar darüber aufgeregt hat. Das war natürlich ungünstig, denn jetzt konnten wir da nicht weitersuchen.

Wir sind die Johannstraße auf und ab gelaufen und haben »Goldschnucki!« gerufen und alle Leute gefragt, ob sie eine süße weiße Katze gesehen haben.
Das haben die Leute gesagt:
»Nee.«
»Tut mir leid.«
»Ich kaufe nichts, haut ab.«
»Nur einen weißen Hund. Also ich glaube, das war ein Hund. Oder ein Häschen? Oder ein Baby im weißen Pelzmantel? Hab leider meine Brille nicht auf.«
»Ich hab nur eine schwarze Katze gesehen. Die ist da hinten über die Straße gelaufen.«
Hier hab ich schnell gefragt: »In welche Richtung? Von links nach rechts oder rechts nach links?«
Polly wollte wissen, warum ich das frage. Na wegen dem Sprichwort!

Schwarze Katz von rechts nach links – Glück bringt's!
Schwarze Katz von links nach rechts – bringt Schlechts!

Das war ja wichtig, weil wir daran sehen konnten, ob wir Goldschnucki wiederfinden würden oder nicht!
Aber die Frau konnte sich sowieso nicht mehr erinnern.
Und dann hat sie gesagt: »Warum hängt ihr nicht überall ein Foto von der entlaufenen Katze auf? Das machen doch alle so.«
Oh Mann, wir sind so dämlich! Natürlich! Warum sind wir da nicht selbst drauf gekommen??? Die einfachste Sache der Welt!
Wir haben uns zehn Sekunden lang über diese Lösung gefreut, bis uns einfiel, dass wir ja gar kein Foto von Goldschnucki hatten. **MIST.**

»Doch, Frieda!« Polly hat aufgeregt an meinem Ärmel gezupft. »Da war doch ein Foto von ihr, auf diesem Zettel, den wir abgerissen haben!«

Super Idee, Polly!

Sofort sind wir zurück zu der Straßenlaterne vor meinem Haus gelaufen und haben dort in den Mülleimer geguckt. Aber der war jetzt leer. Mann, warum musste ausgerechnet heute das Müllauto kommen?
Und was nun? Was, wenn wir diese süße Katze NIE wiederfanden?

Fast hätte ich angefangen zu weinen. Nicht nur, dass Frau Albert uns total anmeckern würde (von der Bezahlung ganz zu schweigen) – die arme Goldschnucki war ja jetzt völlig alleine irgendwo da draußen! Was ihr da alles passieren konnte!

Was alles für Gefahren auf Goldschnucki lauerten

Tagsüber:

- andere gemeine Katzen! (Mokka-Mieze und so weiter)
- große Hunde, die kleine süße Katzen nicht leiden können!
- blöde Autofahrer, die rasen und nebenbei in ihr Handy gucken und Goldschnucki überfahren!
- Gewitter!
- entlaufene wilde Tiere aus dem Zoo! (Löwen, Bären, Stinktiere, Kängurus)
- fiese große Jungs aus unserer Schule, die vergammelte Äpfel nach ihr schmeißen!

Nachts:

- dasselbe wie oben, nur noch tausendmal schlimmer und im Dunkeln!

Doch zum Glück hatte ich eine Idee.
»Polly – wir können Goldschnucki doch MALEN!« Ich wusste noch ziemlich genau, wie sie aussah, und Polly ist gut in Kunst. Also zumindest besser als ich. (Was nicht schwer ist, zugegebenermaßen. Selbst ein Hamster wäre besser in Kunst als ich.)
Wir sind also gleich zu mir nach Hause und haben Stift und Papier gesucht. In meinem Haus etwas zu finden ist gar nicht so einfach, weil Papa immer alles woanders hinlegt und es dann vergisst, weil ihm gerade dann ein genialer Einfall kommt. Mein Papa ist nämlich Zoologe und erforscht dauernd etwas. Gerade erforscht er Insekten. Speziell Mücken. Und wie die miteinander reden.

In unserem Haus sieht es immer aus wie bei Hempels unterm Sofa. Deshalb wohnt meine Mama auch nicht mehr bei uns. Glaube ich zumindest. In Mamas Wohnung ist es nämlich tausendmal ordentlicher. Aber das ist auch einfach, weil sie fast nie da ist und immer wegen ihrem Job irgendwohin reisen muss. Eigentlich sollte ich ja jetzt zwei Sommerwochen bei Mama verbringen, aber dann ist wieder was dazwischengekommen. Deshalb habe ich gedacht, ich nutze die Zeit und verdiene schnell ein Vermögen.

Gewusst wie!

Im Moment hat Papa aber nicht mit Mücken, sondern mit sich selbst geredet. Das konnten wir aus seinem Arbeitszimmer hören. Er nennt es immer »laut nachdenken«. Ich hab jetzt auch laut nachgedacht und Polly angewiesen, wie sie Goldschnucki malen soll.

»Runder Kopf. Fluffiges weiches Fell überall. Äh … wohlgenährter Körper. Lange Barthaare. Süßes Gesicht. Grüne Augen.«

Polly hat eifrig gemalt, aber irgendwie war das Bild …

Schluck.

Es war aber das einzige Bild von Goldschnucki, das wir hatten, deshalb haben wir es trotzdem draußen aufgehängt.

DRINGEND
Vermisst wird diese herzige Katze namens Goldschnucki. Liebt Gardinen, die Farbe Gold und Fernsehen. Bitte unbedingt Polly oder Frieda anrufen, wenn ihr sie seht.
Frieda: 0152-08 83 80 46
oder Polly: 0162-07 65 64 32

Genau in diesem Moment sind Nils und Hannes aus unserer Klasse aufgetaucht. Die sind Zwillinge. Unsere Lehrer sind schon total verzweifelt, weil sie nie wissen, wer wer ist. Angeblich gibt es ein geheimes Merkmal, an dem man sie unterscheiden kann. Aber das kennen nur die Eltern von Hannes und Nils.

»Was habt ihr denn da?«, wollte einer von ihnen wissen.

»Hahaha!«, hat der andere losgegrölt. »Was ist denn das?« Er hat auf das Bild gezeigt. »Ist das eine Leberwurst mit Fell? Oder ein Wasserball mit Haaren? Oder ein Pudding mit Perücke? Hahahaha!«

Okay, das war Nils. Der ist immer total albern.

»Das ist eine Katze«, habe ich ihnen hoheitsvoll erklärt. »Wir müssen sie unbedingt finden, denn wir sollen auf sie aufpassen und sie ist abgehauen.«

»Oh, nein«, hat Hannes gemeint. Der ist immer ein bisschen netter. »So ein Mist. Ich hoffe, ihr findet sie.«

Das hofften wir auch. Deshalb wäre ich am liebsten sofort wieder auf die Suche gegangen, aber Polly meinte: »Mann, Frieda, wir brauchen doch was, in das wir Goldschnucki hineinsetzen können, damit sie nicht wieder abhaut. Einen Korb oder so.« Stimmt. Polly denkt mit. »Wir könnten den Vogelkäfig von Rudi nehmen«, hab ich vorgeschlagen.
Rudi ist der Zwergpapagei von meinem Papa und in dem Käfig hat er ungefähr nur siebzehn Minuten seines Lebens verbracht. (Also Rudi, nicht mein Papa.) Dann hat er auf einmal klar und deutlich gesagt:

Behauptet jedenfalls mein Papa. Der erforscht ja, wie Tiere sich unterhalten. Er sagt immer, man muss nur richtig hinhören und hinsehen, dann versteht man, was sie wollen. Papa war damals schwer beeindruckt und hat entschieden, dass Rudi niemals in einem Käfig leben soll. Seitdem verbringt Rudi sein Leben auf unserem Bücherschrank oder schläft stundenlang oder brabbelt unverständliches Zeug vor sich hin. Aber irgendwie ist Rudi anders als andere Vögel. Er kann lächeln. Und er kuschelt gern. Und einmal, als ich spätabends was im Bücherschrank gesucht habe, saß Rudi im vierten Regal von oben und hat im Lexikon der Tierwelt geblättert und vor sich hin gemurmelt. Ich schwöre es! (Das habe ich aber niemandem erzählt.)

Polly hat jetzt überlegt. »Vogelkäfig würde gehen. Aber wir werden total behämmert aussehen, wenn wir mit einer Katze im Vogelkäfig durch die Gegend laufen. Was, wenn uns jemand sieht?«
Doch darauf konnten wir jetzt keine Rücksicht nehmen. Goldschnuckis Leben stand auf dem Spiel!
Und so sind wir noch einmal zurück zu uns, um Rudis Käfig zu holen. Rudi hockte oben auf der Lampe und hat uns beobachtet und »Rhabarberrhabarberrhabarber?« gefragt. Zumindest klang es so.
»Was sagt er da?«, wollte Polly wissen.
»Keine Ahnung.« Rudi ist auf meine Schulter geflattert und ich hab ihn kurz gestreichelt. »Wenn ich nur wüsste, was du immer sagst, Rudilein. Egal, wir müssen jetzt eine entlaufene Mieze suchen. Bis später, meine kleiner Federpuschel.«
Rudi hat den Kopf schief gelegt. Es sah fast so aus, als ob

er nachdachte. Süß! Dann ist er plötzlich zum Fenster geflattert. Aber nicht raus. Rudi würde niemals abhauen. Er hat runter auf die Straße geguckt. Da saß der alte Opa Lautenbach mit seinem noch älteren Hund Bobby auf einer Bank. Die sitzen da immer, jeden Tag, und gucken, wer alles vorbeiläuft. Bobby hat Rudi gesehen und dreimal kurz gebellt. Und plötzlich hat Rudi was zu uns gesagt. Es klang wie:

»Was hat der gerade gesagt?« Polly hat Rudi verblüfft betrachtet.
»Keine Ahnung. Normalerweise sagt er nur Rhabarber.«
Jetzt hat Rudi wieder »Kkkrunkkragen« gekrächzt.
»Umgraben?«, hat Polly geraten.
»Mund schlagen?«, hab ich geraten.
»Rundkragen?«
»Hund jagen?«

»Hund fragen?«

Hund fragen! Natürlich! Rudi wollte bestimmt, dass wir Bobby fragen, ob er Goldschnucki vielleicht gesehen hat! Wir haben uns angeguckt und sind sofort runter zu Opa Lautenbach und Bobby gerannt. Rudi ist mitgeflattert und ich hab mir noch schnell den Vogelbauer geschnappt.

3. Wir bekommen unerwartet Hilfe

Wir haben Opa Lautenbach gleich gefragt, ob er eine Katze gesehen hat. Aber der hat nur die Hand ans Ohr gelegt und gerufen: »Glatze? Ich hab keine Glatze!«
»Katze!«, hab ich zurückgeschrien. »Ein Tier!«
»Ich hab keine Glatze!«, hat Opa Lautenbach gebrüllt. »Das siehst du doch! Aber ich nehm gern ein Bier!«
Also, so kamen wir nicht weiter. Doch da hab ich gesehen, wie Rudi sich mit Bobby unterhalten hat. Ich schwöre es! Rudi ist vor Bobby herumgehüpft, hat seinen Kopf schief gehalten und irgendwas gebrabbelt und Bobby hat an einem Knochen gemümmelt und interessiert zugehört. Und dann hat Bobby auf einmal den Kopf nach links gedreht und heftig mit dem Schwanz gewackelt.

»Da lang!«, hat Polly gesagt. »Bobby will, dass wir nach links gehen.«
»Links geht es zum Park.« Dort wären Polly und ich normalerweise heute auch, wenn wir nicht diesen wichtigen Job bekommen hätten. Den wir sofort vermasselt haben. Schluck. Aber klar – garantiert war Goldschnucki im Park! Da gibt es nämlich viele tolle Sachen.

Was Goldschnucki im Park alles machen könnte:

- wie eine Verrückte auf dem Klettergerüst hoch- und runterpreschen (besser als Gardinen)
- heruntergefallenes Eis aufschlecken
- die Enten im See beobachten und dabei eingebildet gucken
- in der Sonne liegen und dösen
- kostenlos Karussell fahren (sie ist ja so klein, das merkt ja keiner)
- die Esel, Kaninchen und Hühner im Mini-Zoo besuchen (spannender als öde Plüschtiere)

»Vielen Dank!«, haben wir gesagt und sind in Richtung Park gerannt. Rudi ist neben uns hergeflattert.
»Ich bin nicht krank«, hat Opa Lautenbach protestiert.
Im Park war voll was los. Kein Wunder, es waren ja Sommerferien und unsere halbe Schule tobte hier herum. Hoffentlich sah uns jetzt keiner mit unserem leeren Vogelbauer, denn ein bisschen dämlich kamen wir uns schon damit vor.

OH, NEIN. ZU SPÄT.

»Ey, guckt mal, da«, rief eine Stimme. Viola Posselbeck aus unserer Klasse. Was Viola sagt und macht und anzieht, ist sofort *in* und alle machen es ihr nach. Viola darf sogar manchmal als Babysitter auf ihre kleine Nichte aufpassen und bekommt angeblich 100 Euro dafür! Wie immer war Viola von einer Traube von Fans umgeben, die jetzt alle zu uns herstarrten.

»Öhm, ihr wisst schon, dass der Vogel in den Käfig gehört und nicht auf deinen Kopf?«, hat Viola gesagt und auf Rudi gezeigt, der sich ausgerechnet jetzt ein bisschen auf meinem Kopf ausgeruht hat.

»Hahahaha!«, haben die Fans sofort losgeblökt. Nur Nele nicht. Nele ist eigentlich ganz nett.
»Nee, der Vogel gehört doch *in* Friedas Kopf!«, hat Inga Waldmann gekreischt und die Fans haben noch lauter gegackert.
Das hat Viola nicht gepasst. »Das war jetzt überhaupt nicht lustig«, hat sie genörgelt.
»War es doch«, hat Inga behauptet. Inga will immer gern selbst die Herrscherin über den Spielplatz sein, aber es klappt nicht so richtig.
Sie haben angefangen zu streiten und in dem Moment ist Rudi hochgeflattert und über ihren Köpfen gekreist und dann hat er eine schöne große Ladung Vogelkacke platschen lassen. Ein Teil davon ist auf Violas Kopf gelandet, ein anderer auf Ingas. Gerechtigkeit muss sein.
Das war ja nun wirklich mal lustig! Der Fanklub hat auch angefangen, hysterisch zu lachen, aber nach einem Mörderblick von Viola haben sie alle nur noch geröchelt.
»Zischt ab!«, hat Viola uns wütend zugerufen. »Und nehmt euren blöden Vogel mit!«

»Krötenstricken?«, hat Polly geraten.
»Flöten knicken?«, hab ich geraten.
»Blöde Fritten?«
»Blöde Zicken?«
»Blöde Zicken!« Natürlich! Papa hat recht – man muss nur richtig hinhören, dann versteht man auch, was die Tiere einem sagen wollen. Haha.

Polly und ich haben noch ein bisschen weitergekichert, aber dann fiel uns wieder ein, dass Goldschnucki immer noch verschwunden war. Da war unsere gute Laune genauso schnell weg wie Goldschnucki. Also haben wir uns in Bewegung gesetzt und sind durch den ganzen Park gelaufen und haben laut nach der süßen weißen Katze gerufen. Rudi saß die ganze Zeit auf meiner Schulter und hat aufmerksam die Umgebung betrachtet. Plötzlich hat er ganz wild mit den Flügeln geschlagen. »Rudi sieht irgendwas!« Ich bin stehen geblieben.

»Und ich höre was.« Polly hat den Kopf gedreht und gelauscht. In dem Moment habe ich es auch gehört:

»MIAU!«

Es kam von weiter hinten. Da hinter dem Busch mit den weißen Blüten, die so ein bisschen nach Käse gemüffelt haben.
Hurra, das war bestimmt Goldschnucki! Wir sind losgerannt, und ich wäre beinahe hingeflogen, weil ich aus Versehen den klapperigen Vogelbauer hab fallen lassen und darübergestolpert bin. Manno. Aber der Viola-Poselbeck-Fanklub war zum Glück nicht mehr in der Nähe.
Dann haben wir den Busch erreicht und ich habe die Hände ausgestreckt und gerufen: »Goldschnucki, süßer Schatz, ich komme!«
Und hinter dem Busch war … Hannes.
Oder war es Nils? Einer von beiden jedenfalls. Egal, es war bis-zum-Umfallen-peinlich.

Außerdem habe ich dem Zwilling blöderweise mit meinem ausgestreckten FINGER ins Ohr gestochen.

»AUA!« Nils/Hannes hat das Gesicht verzogen. »Was soll das?«

Der andere Bruder hat sich halb totgelacht. Ich glaube, der war Nils.

»Wo ist die Katze?«, habe ich atemlos gefragt. »Hier hat eben eine Katze miaut.«

»Nee, das war Nils«, hat Hannes gesagt. Er konnte ja nur Hannes sein. »Nils kann alle Tierstimmen der Welt nachmachen. Und wir suchen doch eure Katze. Und da dachten wir, wenn Nils wie eine Katze miaut, kommen andere interessierte Katzen dazu.«

»Echt?« Polly hat gegrinst. Es war nämlich keine einzige Katze da. Nur ein paar neugierige Tauben.

»Das ist nett, dass ihr uns helft«, habe ich trotzdem gesagt.

Hannes hat genickt. »Klar doch.«

In dem Moment ist Rudi auf einen Baum geflattert. Da oben saß eine Amsel oder so was und sie hat Rudi ganz verliebt angesehen. Und dann hat Rudi sich mit der Amsel unterhalten. Ich schwöre es, auch wenn ich es nicht beweisen kann!

Was die beiden zueinander gesagt haben

Rudi: Kra kru kri Kratze krekrehen?

Amsel: Tschippitschippitschippi.

Rudi: Kreine kreiße Kratze.

Amsel: Tschippi?

Rudi: Kreiß. Kreiß krund krüß krund krohlkrenährt.

Amsel: Tschippitschippi tschippetitschipptschipp.

Rudi: Kraha!

Oder so ähnlich.

Und dann kam Rudi zu uns zurück und krächzte:

»Roter Zaun?«, hat Polly geraten.
»Toter Clown?«, hab ich geraten.
»Großer Schaum?«
»Großer Baum?«
»Großer Baum!« Na klar, Rudi meinte bestimmt, dass Goldschnucki bei irgendeinem großen Baum war! Aber bei welchem? Hier gab es ja so unendlich viele im Park, das schafften wir doch nie, die alle abzusuchen! Und Polly musste außerdem in einer Stunde zu Hause sein! Da hat Nils uns angeboten, dass er und sein Bruder im Park weitersuchen, bis es dunkel wird, weil ihre Mama froh ist, wenn sie sich an der frischen Luft kloppen und nicht in der Wohnung.

Wer hätte gedacht, dass Nils und Hannes noch mal so nützlich sein können? Ich wollte mich mit Hannes abklatschen, aber der ist sofort in Deckung gegangen, damit ich ihn nicht noch einmal steche oder umarme. Dann eben nicht. Ich klatsche keinen mehr ab, das war's.

Und Polly hat vorgeschlagen, dass sie und ich noch mal zurück zur Wohnung von Frau Albert gehen könnten. Vielleicht war Goldschnucki ja schon längst wieder dort? Und saß auf dem Balkon und wollte rein, damit sie um 18 Uhr **Glühende Herzen** im Fernsehen gucken konnte?
Exzellent mitgedacht, Polly. Das war wirklich eine super Idee. Katzen sind nämlich unglaublich schlau und finden oft den Weg zurück nach Hause von ganz weit weg! Das weiß ich von meinem Papa, der erforscht ja so was.

Was Katzen alles können

- Eine Katze namens Holly ist mal verloren gegangen und dann 300 Kilometer zurück nach Hause gelaufen!
- Katzen fühlen es, wenn ein Gewitter kommt und werden unruhig!
- Katzen können hochspringen und dabei Türen aufmachen!
- In Alaska war eine Katze mal 15 Jahre lang Bürgermeister! In echt!

Zum Glück hatten wir ja den goldenen Schlüssel von Frau Albert mitgenommen und konnten wieder in ihre Wohnung.
Aber da war keine Katze. Nicht auf dem Balkon, nicht auf dem Sofa, überhaupt nirgendwo.
Auf dem Fußboden lagen noch Goldschnuckis Spielsachen herum, und das war irgendwie so traurig, dass mein Bauch wehgetan hat. Wir konnten uns nicht mal darüber freuen, dass es nicht mehr so gemüffelt hat, weil die Balkontür die ganze Zeit offen war.
»Weißt du was?«, hab ich zu Polly gesagt. »Wir stellen den Napf mit dem Glibberfutter auf den Balkon. Vielleicht wird Goldschnucki ja von dem köstlichen Duft angelockt?« WÜRG Polly fand, dass das eine super Idee war. Und dann haben wir gewartet, und weil wir nichts zu tun hatten, haben wir gleich noch ein bisschen aufgeräumt.
Polly hat die Spielsachen zurück in die Kiste geräumt.
Ich bin auf einen Stuhl geklettert und habe das Meerschweinchen von der Lampe gepflückt.
Polly hat die Lampe sauber gewischt.
Ich hab das Meerschweinchen in die Waschmaschine gestopft.

Polly hat den Fernseher angemacht (»Glühende Herzen«) und den Ton ganz laut gestellt, damit Goldschnucki es hört. Wo immer sie auch ist.
Ich habe »Goldschnucki, wir lieben dich« auf einen Zettel geschrieben und an die Balkontür geklebt.
Polly hat den Riss in der Gardine mit Klebeband repariert. Die Gardine sah jetzt wie eine goldene Bockwurst aus, aber wenigstens war sie nicht mehr kaputt.
Rudi hat auf dem Balkon gesessen und Ausschau nach Goldschnucki gehalten.

Aber dann musste Polly nach Hause und Goldschnucki war immer noch nicht wieder aufgetaucht. Wir sind also ganz traurig gegangen. Nils und Hannes hatten auch keine weiße Katze im Park gefunden. So ein **MIST.**

»Goldschnucki, wo bist du?«

4. Wilde Katzen und Süße Katzen

Am nächsten Tag wollte ich am liebsten sofort zu Polly rennen und danach zu Frau Alberts Wohnung, um zu gucken, ob Goldschnucki in der Nacht vielleicht nach Hause gekommen war. Aber ich musste Papa ewig dabei helfen, sein blaues Notizbuch zu suchen, denn darin hatte er seine ganzen Mücken-Beobachtungen aufgeschrieben. Wir haben an den üblichen Stellen gesucht, wo wir es schon manchmal gefunden haben – im Kühlschrank, unter dem Sofa, in Papas Gummistiefeln, als Untersetzer unter dem Tisch, damit der nicht kippelt. Einmal war es sogar in Papas Hosentasche und er ist den ganzen Tag damit rumgelaufen, ohne es zu merken!

Professor Friedhelm Flander
Zoologe
Protokoll der Mücken-Beobachtung

. . .

3. Tag morgens: Mücke Erwin interessiert sich für Mücke Berta und surrt um sie herum.

3. Tag mittags: Mücke Berta zeigt kein Interesse an Erwin.

3. Tag abends: Berta und Erwin haben endlich zueinandergefunden. Surren wie wahnsinnig vor Glück.

4. Tag morgens: Mücke Erwin überraschend verstorben.

4. Tag mittags: Mücke Berta sitzt schweigend an der Zimmerdecke.

4. Tag nachmittags: Mücke Berta ebenfalls überraschend verstorben . . .

Rudi hat auch mitgesucht und er hat das Notizbuch schließlich gefunden. Es lag in der Speisekammer beim Vogelfutter. Papa hat sich am Kopf gekratzt und gesagt, das versteht er nicht, er war nicht drin. Er hat überhaupt nicht mehr gewusst, dass wir eine Speisekammer haben! Mann, Papa! Und dann hat er Rudi zur Belohnung leckere Körner gegeben und ihn gefragt, ob er Lust hat, Papa beim Arbeiten zu helfen. Rudi hat genickt. Ich schwöre es!

Doch dann kam Papas Freundin Julie, und jetzt wollte Papa lieber, dass Julie ihm beim Arbeiten hilft. Aus Versehen hat er auch Julie mit ein paar Körnern gefüttert. Da war Rudi sauer, glaube ich. Deshalb hab ich ihn mitgenommen. Er hat uns ja gestern im Park schon geholfen (also glaube ich jedenfalls), vielleicht konnte er ja heute Goldschnucki für uns finden!

Bei Polly tobte der tägliche Wahnsinn. Ihr Papa bekam gerade die Krise, weil sein Fahrrad einen Platten hatte, Pollys Mama bekam die Krise, weil Pollys Brüder versucht haben, mit ihren Skateboards die Kellertreppe runterzusausen, und die jetzt kaputt waren. Also die Skateboards, nicht die Brüder. Die nur ein bisschen. Polly hat gesagt, sie kriegt die Krise, weil sie in einem Irrenhaus leben muss.

Da haben wir uns schnell verzogen, bevor noch eine weitere Krise auf uns niederging, und sind in die Johannstraße zu Frau Alberts Wohnung gerannt.

Die Balkontür war angelehnt, aber in der Wohnung war immer noch keine Goldschnucki.
Jetzt haben wir langsam richtig, richtig Angst bekommen. Um Goldschnucki und was wohl mit ihr passiert war und was Frau Albert sagen würde, wenn sie zurückkam und ihre heiß geliebte niedliche Katze nicht mehr da war. WEGEN UNS!

Doch da hat Polly eine Entdeckung gemacht: Der Futternapf auf dem Balkon war leer! Blitzsauber geleckt! Hurra, Goldschnucki musste also hier gewesen sein! Sofort haben wir wieder nach ihr gerufen und dann haben wir tatsächlich ein Schnurren und das Taptaptap von kleinen Pfötchen gehört und vom Balkon herein kam … eine andere Katze.
Sie war grau und ganz dünn und nicht halb so fluffig wie Goldschnucki. Sie sah irgendwie traurig aus. Die Arme … Sie hat ganz kläglich miaut.

»Ich glaube, die hat Hunger«, hat Polly geflüstert. Das hab ich auch gedacht und deshalb haben wir ihr Goldschnuckis Napf voll mit Thunfisch-Glibber gefüllt. Die fremde Katze hat alles sofort verschlungen und da haben wir ihr gleich noch Nachschlag gegeben. Sie tat uns so leid und Goldschnucki wollte das komische Futter ja sowieso nicht.

Dann haben wir vom Balkon aus wieder: »MIEZ, MIEZ« gerufen und Rudi ist herumgeflattert und hat mitgekrächzt und die fremde Katze ist auf dem Balkongeländer herumspaziert. Aber statt Goldschnucki tauchte auf einmal etwas anderes auf; und zwar das feuerrote Gesicht von dem Mann von gestern. Es guckte vom Balkon oben herunter.

»Was soll das hier eigentlich werden?«, hat er gemeckert. »Noch mehr Katzen und auch noch ein Vogel – macht die Albert jetzt in ihrer Wohnung einen Zoo auf, oder was?«

»Ja«, hat Polly gesagt, ohne mit der Wimper zu zucken. »Wir haben schon ganz viele Tiere, uns fehlt nur noch ein Esel. Kennen Sie vielleicht einen?«

MAnn, POLLY!!! Hihihi!

Der Mann hat verwirrt geblinzelt und hat: »Öh? Was?« gesagt und: »Woher soll ich denn einen Esel kennen? Ich

bin doch kein Zoodirektor! Was für eine dämliche Frage!«
Wir sind lieber schnell in Deckung gegangen, bevor der komische Mann noch kapiert, was Polly gemeint hat.

Und dann sind wir wieder mit Rudi und dem Vogelbauer in den Park gegangen. Die fremde Katze ist uns die ganze Zeit hinterhergelaufen. Wahrscheinlich hat sie gedacht, dass wir ihre neuen Freunde sind, und hat auf noch mehr Essen gehofft. Arme kleine dünne graue Mieze.
Der Viola-Posselbeck-Fanklub war auch wieder im Park. Heute haben sie Fotos gemacht – erst ein paar von sich selbst mit Blumen im Haar und dann zweitausend von

Viola mit Blumen im Haar. Damit waren sie zum Glück so beschäftigt, dass sie uns gar nicht gesehen haben. Wir sind also wieder durch den Park gezogen und haben Goldschnucki überall gesucht:

- Wir haben auf jeden Baum hochgeguckt.
- Wir haben hinter die Bude vom Eisverkäufer geguckt.
- Wir haben im Bach nachgesehen, falls sie da reingefallen ist. Zum Glück war sie da nicht!
- Wir haben in jeden Kinderwagen geguckt, ob sie da vielleicht mit drinliegt.

Dann hat sich auf einmal in einem Baum etwas bewegt! Es war aber nicht weiß, sondern braun. Ein Eichhörnchen. Und es hat uns mit seiner piepsigen kleinen Stimme irgendwas zugerufen. Rudi ist sofort zu ihm hochgeflattert und hat interessiert zugehört. Dann kam er wieder und hat gekrächzt:

»Beim großen Bauch?«, hat Polly geraten.
»Beim Dosenrauch?«, hab ich geraten.
»Beim Hosenstrauch?«
»Beim Rosenstrauch?«
»Beim Rosenstrauch!« Na klar, Rudi meinte bestimmt, dass Goldschnucki bei einem Rosenbusch zu finden war.

Und dann, nachdem wir mindestens siebzehn Rosenbüsche und Hecken abgesucht hatten und schon total zerkratzt und erschöpft waren, bin ich zum letzten Rosenbusch im Park gekrochen. Der war ganz hinten. Dort, wo der Park ein bisschen wilder und überwachsener ist und nicht mehr so viele Leute herumlaufen. Nur noch Liebespaare und Kettenraucher aus der neunten Klasse.
Und da, genau vor dem allerletzten Rosenbusch räkelte sich jemand zufrieden in der Sonne und kaute auf irgendwas herum.
Es war …

GOLDSCHNUCKI!!!!

Juhu! Wir haben sie erst gar nicht erkannt, weil sie nicht mehr weiß, sondern eher dunkelweiß bis hellgrau war. Ihre Frisur saß auch nicht mehr so gut. Und ihr Fell war

nicht mehr fluffig, sondern strubbelig. Aber ihre Augen haben wie grüne Edelsteine geleuchtet!
Als sie uns gesehen hat, kam sie auf uns zugerannt und hat ihren Kopf an unseren Beinen gerieben. Sie war sooooo glücklich, uns zu sehen! Jetzt wollte sie bestimmt gleich nach Hause in ihr schönes weiches Bett. Und bestimmt hatte sie wahnsinnigen Hunger!
Polly hat mit Daumen und Zeigefinger ihre Nase zugehalten und eine Dose von Goldschnuckis Katzenfutter

aufgemacht, die wir mitgenommen hatten, und hat es ihr hingestellt. Aber das wollte sie nicht. Sie hat es einfach stehen lassen und ist zurück zu dem gegangen, was sie gerade gefressen hat: eine tote Maus.

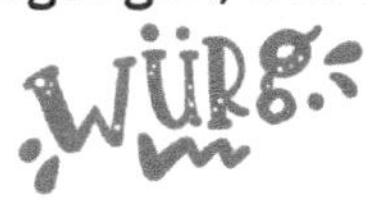

Die graue Mieze, die uns ja die ganze Zeit hinterhergelaufen ist, hat sich auf das Futter gestürzt. Und dann haben Goldschnucki und ihre neue Freundin zusammen gespielt. Richtig gespielt! So eine echte Katze ist ja auch viel interessanter als ein Plüschpudel. Und auf einmal habe ich was kapiert.

»Polly«, hab ich gesagt. »Ich glaube, ich weiß, warum Goldschnucki ausgerissen ist. Sie langweilt sich bei Frau Albert zu Hause.«

»Du hast recht«, hat Polly mir zugestimmt. »Guck mal, wie glücklich sie hier im Park ist.«

Was Goldschnucki im Park alles gemacht hat:

Sie ist durch das Gras geschlichen und hat versucht, Schmetterlinge zu fangen.

Sie hat ihren selbst erlegten »Snack« gefuttert. Oh Gott …

Sie ist auf ein paar Baumstümpfen herumgeklettert.

Sie hat mit ihrer neuen Freundin Graufellchen gespielt.

Sie hat an Blumen geschnuppert.

Sie hat mit Rudi geredet. (Ich schwöre es!)

Sie hat ihren Schatten gejagt.

Wir mussten Goldschnucki aber trotzdem nach Hause bringen und das haben wir auch getan. Ich hab sie getragen, weil sie nicht in den Vogelbauer wollte. Da drin saß jetzt Rudi, aber mit offener Tür. Er war ziemlich müde und hatte keine Lust mehr zu fliegen. So sind wir bei Violas Fanklub vorbeigekommen und jetzt wollten sie auf einmal alle unsere süße Katze streicheln.

Viola hat sofort gesagt: »Ich darf sie zuerst streicheln.«

Und Inga hat sofort gebrüllt: »Nein ich!«

Viola: »Du hast sie ja wohl nicht mehr alle. Ich bin die Bestimmerin.«

Inga: »Jetzt will ich aber mal die Bestimmerin sein. Du bist es immer!«

Viola: »Du bist ja nur neidisch, weil ich mehr Freunde und schönere Sachen habe.«

Inga: »Schönere Sachen? Wie das Geschirrtuch, was du heute anhast?«

Viola: »Sagt jemand, der wie ein Duschvorhang mit Beinen herumläuft! Du …«
Sie haben sich so doll gestritten, dass sie überhaupt nicht gemerkt haben, dass Polly und ich einfach weitergegangen sind. Nur Nele durfte Goldschnucki mal kurz streicheln.

Bei Frau Albert zu Hause haben wir Goldschnucki dann sauber gemacht und ihr Fell gebürstet. Jetzt sah sie wieder so süß aus wie vorher und hat geschnurrt, als wir mit ihr auf der Couch saßen. Wir wollten ihr dann doch noch was von ihrem Futter geben, aber da hat sie Rudi was zugeflüstert. Und Rudi hat gekrächzt:

»Kutter neckt Pobacke?«, hat Polly geraten.
»Mutter bäckt Wolljacke?«, hab ich geraten.
»Butter schmeckt voll Backe?«

»Futter schmeckt voll Kacke?«
»FUTTER SCHMECKT VOLL KACKE!«
Na klar! Deswegen will sie das nie essen! Wir haben Goldschnucki versprochen, dass wir Frau Albert sagen, dass sie ein anderes Futter kaufen soll. Da ist Goldschnucki von der Couch gesprungen und lässig zu ihrer Pipibox geschlendert. Dann ist sie davor stehen geblieben und hat uns aus schmalen Augen angeguckt.
»Oh, nein!«, hat Polly gesagt. »Gleich passiert's wieder!«
Aber Goldschnucki ist IN ihre Box gegangen und hat reingepinkelt.

Bravo, süße Goldschnucki!!!

Zur Belohnung hab ich das dusslige Buch von Mokka-Mieze ganz unten in der Spielkiste versteckt und lieber Goldschnuckis EIGENE TOLLE Geschichte erzählt. Da hat sie total gespannt zugehört.

Die Abenteuer von ~~Mokka Mieze~~ Goldschnucki

Es lebte einmal eine ganz wilde, starke und mutige Katze namens Goldschnucki. Sie war nicht nur die niedlichste, sondern auch die furchtloseste und klügste Katze der Welt.
Sie langweilte sich aber tödlich in ihrer Wohnung und pullerte vor lauter Dumdideldei immer auf den Teppich.
Eines Tages sprang sie todesmutig vom Balkon und stürzte sich in den Dschungel des Stadtparks. Dort kämpfte sie beherzt mit wilden Tieren, sprang über einen reißenden Fluss, erforschte stachelige und geheimnisvolle Büsche und fand eine liebe Freundin namens Graufellchen. Und dann … und dann … und dann …
Ende

Danach ist Goldschnucki glücklich und erschöpft eingeschlafen. Einfach so auf dem Boden, ohne Kaschmirdecke. Und draußen auf dem Balkon hat ihre neue Freundin Graufellchen geschlafen. Die Balkontür haben wir aber trotzdem richtig zugemacht. Schließlich kam Frau Albert morgen wieder …

5. Wir werden reich und haben eine geniale Idee!

Am nächsten Vormittag habe ich Papa alles gebeichtet. Dass wir Goldschnucki verloren, aber Gott sei Dank wiedergefunden haben. Und warum sie unserer Meinung nach abgehauen ist. Papa hat interessiert zugehört und ab und zu kurzsichtig geblinzelt, denn er konnte seine Brille mal wieder nicht finden. Später dann schon. Sie lag in Rudis leerem Vogelbauer. Wir haben nicht die leiseste Ahnung, wie sie dahin gekommen ist.
Papa meinte, dass es gut möglich ist, dass Goldschnucki sich langweilt. Oder dass sie das falsche Spielzeug hat. Oder zu viel Spielzeug. Und dass er mal nachdenkt, ob ihm was Schönes für Goldschnucki einfällt. Er hätte auch gern noch viel mehr erzählt, aber in diesem Moment hat ihn leider eine Biene gestochen.

Papa hat sich nämlich jetzt auf Bienen umgestellt und will erforschen, wie die sich unterhalten. Die leben auch länger als Mücken. Bienen haben es voll drauf. Die tanzen, wenn sie sich sagen wollen, wo es gutes Futter gibt!

Dann hat Papa mir ein paar Tipps für Goldschnucki gegeben:

Wie sich eine süße Katze garantiert nicht langweilt:

- Man stellt einen großen Spiegel auf. Katzen denken dann, das ist eine andere Katze.
- Katzen lieben leere Kisten und Schachteln, weil sie daraus Buden bauen und sich darin verstecken können.
- Katzen lieben Kletterbäume. Papa hat mir einen von Rudis alten Bäumen für Goldschnucki geschenkt!
- Katzen lieben es, aus dem Fenster zu gucken. Goldschnucki braucht einen schönen Fensterplatz!
- Katzen lieben es, wenn sie jemanden zum Spielen haben. Zum Beispiel eine Freundin wie Graufellchen!

Polly und ich sind voll nervös zu Frau Albert gegangen. Hoffentlich war Goldschnucki noch da! Vielleicht hatte Graufellchen ja die Balkontür aufgemacht?
Mist, daran hatten wir überhaupt nicht gedacht. Wir sind immer schneller geworden und zum Schluss sogar GERANNT.

Doch Goldschnucki war noch da. Gott sei Dank. Und sie hat sich TOTAL gefreut, uns zu sehen. Draußen auf dem Balkon wartete Graufellchen. Die beiden haben sich die ganze Zeit lang durch die Scheibe beobachtet. Ist die eine nach links gehüpft, hat die andere es nachgemacht. So süß! Fast noch besser als ein Spiegel.

Wir haben Goldschnucki als Erstes einen halben Hering aus Pollys Kühlschrank geschenkt. Tote Mäuse hatte Pollys Mama leider nicht vorrätig. Goldschnucki hat sich wie eine Wahnsinnige darauf gestürzt und den Hering KOMPLETT verschlugen. In der Zwischenzeit habe ich VORSICHTIG die Balkontür aufgemacht und Graufellchen das Glibberfutter von Goldschnucki gegeben. Die hat sich ebenfalls wie eine Wahnsinnige darauf gestürzt. Verrückte Welt.

Dann haben wir Goldschnucki unsere Mitbringsel gezeigt:

- einen großen Kletterbaum vom Rudi

- leere Pappkartons von Pollys Papa (Der hilft Leuten beim Umziehen. Also von Haus zu Haus. Nicht vom Schlafanzug in den Trainingsanzug.)

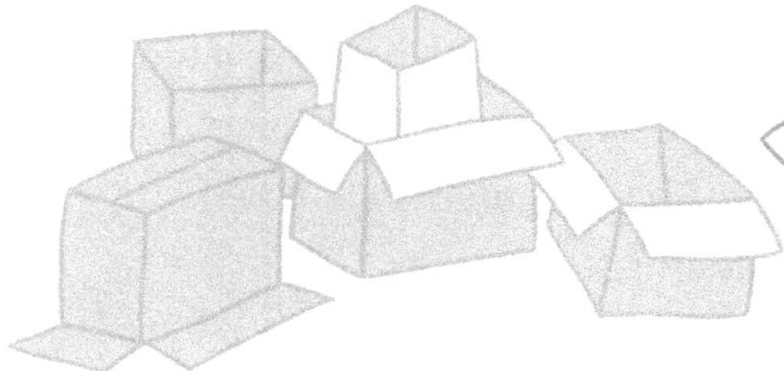

Goldschnucki hat sich sofort gemütlich in den allerkleinsten Pappkarton gequetscht und war nicht zu bewegen, wieder herauszukommen. Graufellchen hat neidisch durch die Glasscheibe vom Balkon aus reingestarrt.
Und plötzlich drehte sich der Schlüssel im Schloss und Frau Albert war zurück.

Goldschnucki, mein liebstes Katzenprinzesschen! Deine Mami ist wieder da!

Goldschnucki ist aus der Kiste gekommen und hat freundlich geschnurrt und sich von Frau Albert abknutschen lassen. Und dann ist sie zu ihrer Pipibox gelaufen. Frau Albert ist ganz blass geworden und hat »Ojemine« gemurmelt, doch dann hat Goldschnucki ihren neusten Trick vorgeführt: Sie kann in die Box pullern!

Frau Albert konnte es gar nicht fassen. Vor Rührung kamen ihr die Tränen. »Achtundzwanzig Mal habe ich meinen Teppich schon reinigen lassen«, hat sie geschluchzt. »Ich hätte nie gedacht, dass ich es noch erlebe, wie meine herzallerliebste Schnucki in ihre Box macht. Und ihr habt das geschafft! Was seid ihr nur für großartige zehwölfjährige Mädchen!«

Hier haben Polly und ich uns ganz stolz gestreckt und ein bisschen verlegen gegrinst. Und dann haben wir Frau Albert alles erzählt. Also fast alles. Den Teil, wo Goldschnucki weg war, haben wir lieber ausgelassen. Wir haben ihr gesagt, dass:

- Goldschnucki ihr Futter nicht mag.
- Goldschnucki gern in Kartons kriecht.
- Goldschnucki gern aus dem Fenster guckt.
- Goldschnucki gern klettert.
- Goldschnucki gern eine Freundin hätte.

Wie auf Kommando hat Graufellchen draußen auf dem Balkon miaut und mit ihrer kleinen mageren Pfote an die Tür gepocht. Da hat Frau Albert vor Rührung gleich wieder angefangen zu weinen. Dann hat sie ein gold kariertes Taschentuch herausgeholt und sich laut die Nase geputzt. Und geschluchzt, dass wir recht haben und sie sich von jetzt an auch um das arme Graufellchen kümmern wird. Sie hat die Balkontür aufgemacht und wir haben den ATEM angehalten, aber Goldschnucki blieb ganz ruhig sitzen und Graufellchen kam herein.

Die beiden sind eine begeisterte Runde durch Frau Alberts Wohnzimmer gerast und dann sind sie zusammen in die kleinste Kiste gekrochen. So süß! (Und ein Wunder, dass da zwei Katzen reinpassen. Katzen sind irgendwie superelastisch.)

Frau Albert hat ihre Geldbörse herausgeholt und hat jedem von uns **20 Euro** gegeben.

Wow, wir sind reich!

Dann fiel ihr Blick aber leider auf die Wurstgardine. Mist. Jetzt mussten wir das Geld bestimmt wieder hergeben. Aber Frau Albert hat zum dritten Mal angefangen zu weinen und meinte, dass sie noch nie in ihrem Leben so eine schicke Gardine gesehen hat.

»Was für eine großartige Idee! Welch eleganter Faltenwurf!«
UND DANN HAT SIE JEDEM VON UNS NOCH MAL FÜNF EURO GEGEBEN!!!

Wir haben Goldschnucki und Graufellchen Tschüss gesagt und Frau Albert versprochen, dass sie uns jederzeit anrufen kann, wenn sie wieder jemanden für Goldschnucki braucht. Unten auf der Straße haben wir ganz benommen unseren Reichtum gezählt. Zusammen hatten wir 50 Euro verdient.

WAHNSINN!

Polly meinte, der Job als Katzen-Aufpasser war sowieso tausendmal besser als Rutschentester oder Eisverkoster oder Geisterbahngespenst. Und dass es doch toll wäre, wenn wir das NOCH MAL machen könnten.
Leider gab es keine weiteren Zettel an den Laternen, wo Leute jemanden für ihre Katze gesucht haben. Wir haben jedenfalls nichts gesehen. Das Einzige, was wir gesehen haben, war der Viola-Posselbeck-Fanklub, der jetzt wie ein Faschingsumzug um die Ecke kam. Allen voran lief Viola und schob einen Kinderwagen. Darin saß ein Baby und mümmelte an einer Banane. Die aus dem Fanklub

wollten auch gern mal schieben, aber Viola hat sie nicht gelassen.

»Nein. Nur *ich* darf Babysitter sein. Ihr könnt das gar nicht.«

In dem Moment hat das Baby die Bananenpampe wieder ausgespuckt.

Jetzt hat Inga gesagt, dass Viola das saubermachen muss, weil sie ja der Babysitter ist. Und weil die anderen das ja leider gar nicht können, haha. Dabei hat sie gegrinst. Ein paar andere auch. Das war offenbar der Inga-Waldmann-Fanklub.
Ich habe gerade überlegt, ob ich lieber kein Mitglied in Violas oder kein Mitglied in Ingas Fanclub werden will, als Polly plötzlich gesagt hat: »Ich hab's!«
»Was hast du?«, hab ich gefragt.
»Wie wir noch mehr Katzen-Aufpasser-Jobs gekommen können.«
»Wie denn?«
Und da hat Polly mir mit verschwörerischer Stimme zugeflüstert: »Wir werden Tiersitter!«

»Super!

Du hast echt die besten Ideen, Polly!«, hab ich gesagt.
»Was soll das sein?«
»Na, so was wie Babysitter«, hat Polly erklärt. »So was wie Viola. Nur eben für Tiere, nicht für Babys.«

Warum Tiersitter sein besser ist als Babysitter sein

- Goldfische brüllen nicht drei Stunden lang.
- Hamstern muss man nicht die Windeln wechseln. WÜRG
- Hunden muss man keinen Strampler anziehen.
- Katzen muss man nicht im Kinderwagen herumschieben.
- Zu Geckos muss man nicht »Duzi duzi« sagen.
- Kaninchen brauchen keinen vollgesabberten Nuckel.

Hurra!

Wir gründen eine TIERSITTER-AGENTUR!

Mann, Polly! Das ist die allerbeste Idee der Welt!

Aber wie gründet man eine TIERSITTER-AGENTUR? Das mussten wir erst noch überlegen.

Da sind wir schnell zu mir nach Hause. Dort haben wir uns in mein Baumhaus gesetzt (da ist es am ordentlichsten …) und haben einen PLAN gemacht:

Was wir für unsere Tiersitter-Agentur brauchen:

- ein Büro – damit wir Ruhe für unsere wichtige Arbeit haben. Mein Baumhaus!
- ein Telefon – damit man uns erreichen kann. Pollys und mein Handy.
- Visitenkarten – die wir überall verteilen können, weil sonst niemand weiß, dass es uns gibt. Die können wir selber basteln.
- eine zuverlässige Assistentin / einen zuverlässigen Assistenten. Rudi?
- einen coolen Werbespruch. Damit jeder versteht, was wir machen. Hm. Haben wir nicht.

Als Erstes haben wir uns also an den Werbespruch gemacht. Das war gar nicht so einfach. Wir hatten verschiedene Ideen:

Katze darf nicht ins Hotel?
Ruf die Tiersitter ganz schnell!

Meine Idee. Aber Polly meinte, dass man da denkt, wir kümmern uns nur um Katzen. Und das stimmt ja nicht. Wir wollen uns um alle Tiere kümmern.

Ob Meerschwein oder Fledermaus,
wir bringen Freude in Ihr Haus!

Pollys Idee. Aber ich fand, »bringen Freude in Ihr Haus« klingt, als ob wir das Christkind sind. Und wer hat überhaupt eine Fledermaus als Haustier?

Tiersitter knuddeln Ihren Schatz,
ob Regenwürmchen oder Spatz!

Meine Idee. Aber Polly hat gesagt, sie will keine Regenwürmer knuddeln. Da hört der Spaß auf.

Ob Schuppen, Federn oder Felle,
die Tiersitter sind schnell zur Stelle!

Pollys Idee. Aber ich hab gesagt, das klingt, als ob wir Schuppen und Federn wegsaugen oder so. Mann, das war echt schwierig!

Aber schließlich ...

Fellfreunde & Co. –
Die besten Tiersitter der Welt
Ob Goldfisch, Dackel oder Stier –
wir kümmern uns um jedes Tier!

Jetzt brauchten wir nur noch zahlungskräftige Kunden!

6. Wir bekommen neue Mitarbeiter und neue Jobs!

Am nächsten Tag haben wir dann Visitenkarten entworfen und auf Papas Drucker ausgedruckt. Sie sahen toll aus!

»Welche Konkurrenz denn?«, hat Polly mich verwirrt gefragt. »Und wenn wir mit zehn Euro zehnmal billiger als die Konkurrenz sind, heißt das, die andern nehmen hundert Euro pro Tag? So viel???«

»Ähm, was?« Ich musste erst mal nachrechnen. Es stimmte. Polly ist immer so überraschend gut in Mathe.

»Ist egal. Das klingt nur gut«, hab ich sie beruhigt. »Ist Werbung. Das machen alle so. Wir sind jetzt Geschäftsfrauen!«

Da war Polly schwer beeindruckt. Wir haben Papa die Visitenkarten gezeigt und er war auch schwer beeindruckt. Er hat gemeint, bestimmt hat er auch bald einen Job für uns. Polly hat mir zugeflüstert, ob das etwa bedeutet, dass wir auf Mücken aufpassen sollen? Ich hab gesagt, ich weiß es nicht. Manchmal hat Papa ja noch andere Tiere. Ameisen oder so. Diese Information hat Polly nicht unbedingt glücklicher gemacht.

Dann sind wir aber erst mal los und haben unsere tollen Visitenkarten überall verteilt:

Wo wir unsere Visitenkarten verteilt haben:

- beim Bäcker an der Ecke (Dort haben sie gesagt, wir können auf ihren kalten Hund aufpassen. Haha. Sehr witzig.)
- im Supermarkt (Die waren nett und haben eine Visitenkarte gleich beim Tierfutter ans Regal gepinnt!)
- im Tiergeschäft (Super Idee, Polly!)
- beim Friseur (Wenn es da eine Kundin weiß, weiß es die ganze Stadt.)
- im Park an die Omas und Opas, die dort auf den Bänken sitzen (Die haben sich gefreut, dass wir ihnen was Selbstgebasteltes geschenkt haben.)
- an unsere Familien (Pollys Brüder haben sofort blöde Witze gerissen.)
- an die Kinder aus unserer Schule, die im Park waren (Viele fanden das toll!)

In Violas Fanklub wollte sofort auch jeder eine Visitenkarte von uns haben. Das hat Viola aber nicht gepasst. Sie hat mit ganz spitzen Fingern eine Karte genommen und gesagt: »Iih, Goldfische hüten. Langweilig und glitschig.«
»Besser als Babys mit Bananenpampe im Gesicht«, hat Polly gekontert. Jetzt haben ein paar Mädchen gekichert. Ich schwöre, Polly hätte in diesem Moment ihren eigenen Fanklub gründen können!! (Aber dazu hat sie keine Lust. Und keine Zeit. Wir sind ja auf Arbeitssuche.)
»Na, dann viel Spaß«, hat Viola gesagt. »Falls euch überhaupt jemand anruft.«
»Ja, genau«, hat der Fanklub wie ein Echo geblökt. »Euch ruft sowieso keiner an!«
Blödis! Eben wollten sie alle noch unbedingt eine von unseren Karten! Ich glaube, die sind nur neidisch!
Und außerdem hat in diesem Moment Pollys Handy geklingelt! Unser erster Kunde!
Polly war so verdattert, dass sie gar nicht gleich antworten konnte, deshalb hab ich mir ihr Handy geschnappt. Eine unbekannte Nummer – na bitte! Ich habe es auf LAUT gestellt, damit der Viola-Posselbeck-Fanklub jetzt mal hört, wie clevere Geschäftsfrauen arbeiten.

Ich: »Hallo? Fellfreunde hier?«

Seltsam nuschelige Stimme: »Öhmnen, hallo. Ich brauche jemanden, der auf mein Tier aufpasst.«

Ich, stolz: »Prima. Dafür sind wir da!«

Der Viola-Posselbeck-Fanklub reißt die Augen auf. Viola selbst wird ganz hellgrün vor Neid.

Seltsam nuschelige Stimme: »Es ist …« Hustet. »Ein sehr störrisches Tier. Manchmal richtig nervend.«

Ich: »Kein Problem. Was für ein Tier ist es denn?«

Seltsam nuschelige Stimme: »Eine Ziege. Eine kleine störrische Ziege.«

Ich: »Oh süß, ein Ziegenbaby?«

Der Viola-Posselbeck-Fanklub hängt an meinen Lippen. Seltsam nuschelige Stimme: »Ja, die ist erst zehn Jahre alt.« Ein unterdrücktes Kichern. »Hat meistens einen Pferdeschwanz.« Jemand lacht rasselnd im Hintergrund. Polly: »Ey Mann, ich glaub das ist mein Bruder, der Idiot!«
Stimme, jetzt klar und deutlich: »Hört auf den Namen Polly. Frisst gern Pommes. Hahahahaha!«
Da hab ich aufgelegt.
Der Viola-Posselbeck-Fanklub lag flach.
So ein Mist. Ausgerechnet die mussten das mithören!

Da sind wir gegangen. Wir waren total traurig und sauer. Nur auf Papas Ameisen aufpassen war irgendwie nicht so das, was wir Tiersitter uns vorgestellt hatten … Der Fanklub hat uns noch blödes Zeug hinterhergerufen. »Hier liegt ein Regenwurm, wollt ihr den nicht knuddeln? Auf unserem Dachboden sind Ratten, wollt ihr euch um die kümmern?«
Meine Laune wurde immer mieser und ich wurde immer wütender, als Hannes und Nils auf einmal ankamen und gerufen haben: »Ey, können wir euch was fragen?«, da hab ich gebrüllt:

»NEIN!«

Polly und ich hatten echt keinen Bock mehr auf blöde Sprüche!
Hannes und Nils sind ganz erschrocken stehen geblieben und haben gesagt: »Aber wir wollten doch nur fragen, ob wir bei euch mitmachen dürfen? Wir würden auch gern Tiersitter sein.«
ACH SO. HM. Aber das war ja *unsere* Idee! Polly und ich haben uns kurz angeguckt und ich habe gesagt: »Moment. Die Geschäftsleitung muss das kurz besprechen.«
Dann haben Polly und uns flüsternd beraten. Polly meinte, auf gar keinen Fall. Da müssen wir ja unser Geld teilen! Ich hab gesagt, dass sie uns ja schon bei Goldschnucki geholfen haben. Und dass es manchmal gut ist, wenn man noch ein paar mehr Mitarbeiter hat. Was, wenn wir auf ganz viele Tiere aufpassen sollen und das gar nicht alleine schaffen? Eine Schafsherde oder so? Darauf hat Polly gemeint, dass die Jungs das doch gar nicht können! Nur *wir* können Tiersitter sein. Da hab ich gesagt, sie klingt schon wie Viola. Jetzt war Polly sauer. Dann hat sie gesagt, sie will nicht wie Viola klingen. Hannes und Nils haben immer noch gewartet. Polly meinte leise, wir müssten die beiden erst testen. Ob sie überhaupt gut mit Tieren umgehen können und so. Gute Idee! Deshalb habe ich laut gesagt: »Kommt um 15 Uhr

in unser Büro, äh, Baumhaus. Dort habt ihr ein Vorstellungsdingsbums, also ob ihr den Job kriegt oder nicht.«
»Hä? Okay.«

Um 15 Uhr haben Polly, Rudi und ich in meinem Baumhaus gewartet. Wir haben einen Stapel alter Unterlagen von meinem Papa auf die Kiste gelegt, die wir dort als Tisch benutzen. Damit es so aussieht, als ob wir viele wichtige Dokumente haben. Haha, clever.
Genau um 14.59 Uhr kamen Nils und Hannes um die Ecke. Einer von beiden hatte sich extra gekämmt und der andere hatte ein sauberes T-Shirt an. Gut so. Unsere Mitarbeiter sollen ja keine liederlichen Schlumpis sein.
Dann haben wir sie in mein Baumhaus geholt.
»Das ist unser Tiersitter-Büro!«
Wir haben die beiden dann gefragt, warum wir ausgerechnet sie beide als Tiersitter einstellen sollen.

Haha, total clever. (Das wussten wir von Polly. Das haben sie ihren Papa in der neuen Firma neulich gefragt.)

Nils und Hannes haben ein bisschen herumgedruckst und dann hat einer von beiden gesagt: »Wir lieben Tiere. Wir haben sogar eine Dauerkarte für den Zoo!«
Okay, das war ja schon mal nützlich. »Was noch?«
»Hannes kann super Tierstimmen nachmachen«, hat Nils gesagt. Konnte ja nur Nils sein. »Los mach mal«, hat er seinen Bruder aufgefordert.
Hannes ist aufgestanden und hat losgelegt:

Wow, das war total beeindruckend! Selbst Rudi hat ganz interessiert zugehört und sein Köpfchen schräg gelegt. Aber so einfach konnte man sich bei uns trotzdem nicht einschleimen.

»Was habt ihr sonst noch zu bieten?«, hat Polly knallhart gefragt.

»Wir haben keine Angst vor Spinnen und Schlangen und so«, hat einer der beiden geprahlt.

Ich habe Polly zugezwinkert. »Dann nimm mal die beiden Spinnen, die da an der Wand miteinander kuscheln. Und setze die in die Schachtel hier.«

Hihi. In meinem Baumhaus sind dauernd ganz viele Spinnen. Sie könnten ja niedlich sein, wenn sie nicht immer so lange Beine hätten. Die beiden hier waren Weberknechte. Papa liebt die und findet sie interessant.

Hannes hat jetzt ohne mit der Wimper zu zucken die erste Spinne an einem Beinchen festgehalten und von der Wand geklaubt. Dann hat er noch die zweite Spinne genommen und beide vorsichtig in die Schachtel gesetzt.

Das war schon beeindruckend. Aber da waren trotzdem noch zwei Sachen. Die erste war die Rudi-Prüfung.

»Das hier ist mein Zwergpapagei Rudi«, hab ich ihn vorgestellt. »Wie würdet ihr ihn anfassen?« Ich hab die beiden lauernd angeguckt. »A – Ich halte ihn an den Beinen und lasse ihn kopfüber nach unten baumeln, B – Ich halte ihn an einem Flügel fest oder C – Ich nehme seinen ganzen Körper vorsichtig in meine Hand?«

»C«, haben beide gleichzeitig geantwortet.

»Gut.« Polly hat genickt. »Dann macht das mal.«

Die beiden Jungs haben sich kurz angeguckt und dann hat Nils Rudi ganz vorsichtig hochgehoben und vor sein Gesicht gehalten. Rudi war begeistert und hat ihm ein Küsschen gegeben. Nils hat verlegen gegrinst. Da hat Rudi ihn gleich noch mal geküsst. Hihi.

»Schön, schön«, hab ich gelobt. »Jetzt kommt die letzte Prüfung. Rudi, sag mal was«, hab ich lässig in den Raum geworfen. Rudi ist wichtigtuerisch herumgeflattert, er war nämlich total stolz, dass er bei der Geschäftsleitung mitarbeiten durfte. Dann ist er auf Hannes Schulter gelandet und hat gesagt:

»Na? Was hat er gesagt?«, haben wir die beiden gefragt.
»Rudi ist unser wichtigster Mitarbeiter und als echte Tiersitter müsst ihr ihn verstehen können.«
Hannes und Nils haben sich kurz beraten und dann geantwortet: »Bleibt hier, rettet uns?«
»Schreit hier fettes Wumms?«
»Seid ihr fette Jungs?«
»Seid ihr nette Jungs?«
»Seid ihr nette Jungs!«
»Super! Ihr habt den Job schon fast«, habe ich gesagt. »Es gibt da nur eine kleine Sache. Wir müssen euch unterscheiden können. Verratet uns euer geheimes Merkmal, sonst können wir nicht mit euch arbeiten.«
»Auf gar keinen Fall!«, hat einer der beiden sofort protestiert.
»Okay. Dann bekommt Viola Posselbeck den Job«, hab ich eiskalt behauptet. Polly hat mir einen entsetzten Blick zugeworfen. Alles nur Taktik, Polly!

Jetzt haben sich Hannes und Nils kurz beraten und dann haben sie gesagt: »Okay. Aber ihr dürft das niemandem verraten, vor allem nicht den Lehrern, sonst ist unsere ganze Schulzeit ruiniert. Hannes hat ein Muttermal am Kinn.«

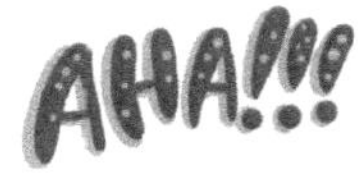

Da ist Hannes vorgetreten und hat es uns gezeigt. Es war winzig. Kaum zu sehen. Komplett unsichtbar für alle, die es nicht wussten. Aber trotzdem Gold wert.
»Willkommen im Klub«, haben Polly und ich gesagt. »Hiermit seid ihr auch Tiersitter!«
Das war ein sehr feierlicher und schöner Moment.
»Und jetzt?«, wollte Hannes wissen. »Welchen Job machen wir zuerst?«
»Nun«, hab ich verlegen geantwortet, denn das war ein weniger feierlicher Moment. »Das Problem ist, dass wir äh … noch keine weiteren Kunden haben.«
Aber in diesem Moment hat mein Handy geklingelt!

Polly hat vor Schreck einen kleinen Kiekser losgelassen. War das jetzt etwa ihr anderer Bruder?
Ich bin rangegangen. Aber auf LAUT habe ich das Handy natürlich nicht wieder gestellt. Es war aber nicht Pollys blöder Bruder. Es war Chantal Holzmann, die Tochter von unseren Nachbarn. Die ist schon fünfzehn und ignoriert mich normalerweise komplett.
»Ähm, hey Frieda«, hat sie gesagt.
Unfassbar. Sie kannte ja sogar meinen Namen! »Hallo.« Was wollte die denn?
Chantal kam gleich zur Sache. »Du passt doch so gern auf Haustiere auf, stimmt's? Ich hab da so einen Zettel von euch gelesen.«
»Wir sind Tiersitter«, hab ich sie verbessert.
»Mega. Genau. Kannst du auf Herbert aufpassen? Ich hab das irgendwie völlig verpennt, aber wir fahren morgen zwei Wochen in den Urlaub.«
»Wer ist Herbert?«
»Mein Zwergkaninchen. Ich hab Herbert erst seit Kurzem, aber ich kann ihn ja nicht gut mit nach Italien nehmen. Herbert ist total lahmar… ich meine pflegeleicht. Der macht gar nichts, du musst ihn nur füttern und so weiter.«
Ein neuer Job!

Vor Freude hätte ich beinahe das Handy fallen lassen. Aber dann fiel mir zum Glück etwas Wichtiges ein. Nämlich:

»Moment. Ich sehe mal nach, ob wir Zeit haben.« Ich habe so getan, als ob ich in einem Kalender blättere, während Chantal am anderen Ende ganz hibbelig geschnauft hat.
»Ja, das könnte klappen«, habe ich endlich gesagt. »Das macht zehn Euro pro Tag.«
»Was?« Chantal hat einen empörten kleinen Triller von sich gegeben. »Auf keinen Fall. Bei euch klappert es wohl?«
»Tja dann …« Ich habe geseufzt, als ob mir das furchtbar leidtut.
»Fünf«, hat Chantal nach einem Moment des Überlegens verlangt.

»Neun«, hab ich sie sofort abgeschmettert.
»Sechs.«
»Acht.«
»Sieben. Mein letztes Wort.« Chantal klang total entnervt.
»Super. Sieben klingt gut.«
Chantal hat etwas gemurmelt, das wie »Halsabschneider« klang, und dann gefragt, ob wir morgen früh vorbeikommen können, damit sie uns alles zeigt.

Und ob wir das konnten!

Herbert, wir kommen!

7. Herbert, das … äh … ungewöhnlichste Kaninchen der Welt

Ein kleines süßes Zwergkaninchen! Das ging ja gleich fantastisch los. Wir haben uns total gefreut. Ich wollte mich mit jemandem abklatschen, aber alle sind in Deckung gegangen. Da hab ich mich mit Rudi abgeklatscht.

Dann haben wir davon geschwärmt, was wir mit diesem schnuckeligen kleinen Kaninchen alles Tolles machen können.

Was man mit einem süßen Zwergkaninchen alles machen kann:

- es knuddeln und streicheln und lieb haben
- sein schönes Fell bürsten
- es mit Möhren füttern und zusehen, wie es die wegknabbert
- es im Park herumhoppeln lassen und den Posselbeck-/Waldmann-Fanklub neidisch machen
- ihm eine Höhle oder eine Hindernisbahn bauen
- ihm beibringen, wie man Männchen macht

Am nächsten Morgen sind wir gleich früh um 8 Uhr rüber zu den Holzmanns gegangen. Hannes und Nils hatten extra eine besonders große Möhre als Willkommensgeschenk für Herbert mitgebracht.

Chantal war noch völlig verschlafen und kam die Treppe heruntergetaumelt, während ihre Mama hektisch Koffer und Proviantpakete gepackt hat und ihr Papa das Auto beladen und Chantal angetrieben hat.

Chantal hat uns in ihren Garten geführt. Dort gab es ein ziemlich großes eingezäuntes Gehege mit lauter Gras und Heu drin. In einer Ecke stand eine Art Häuschen und darin konnte man ein weißes Fellbüschel erkennen. »Das ist Herbert«, hat Chantal ihn uns vorgestellt. »Er pennt meistens.« Hier hat sie gegähnt und sah einen Moment lang so aus, als ob sie sich am liebsten zu Herbert in den Stall gelegt hätte.

»Niedlich«, habe ich höflich gesagt, obwohl man ja gar nicht viel von Herbert sehen konnte. »Wie alt ist er denn?«
Chantal hat mit den Schultern gezuckt. »Keine Ahnung. Meine Oma hat ihn mir vor zwei Wochen zum Geburtstag geschenkt. Dabei wollte ich eigentlich ein neues Handy.« Sie klang ein bisschen verschnupft, weil Herbert weder klingelte, noch Nachrichten verschickte oder Fotos schoss. Er lag einfach nur rum.
Wir haben jetzt alle Herbert beobachtet, um zu sehen, ob er vielleicht noch etwas anderes draufhatte als schlafen. Hatte er aber nicht.
Chantal hat noch mal gegähnt. »Also ihr füttert ihn mit Grünzeug – Möhrenkraut und Löwenzahn und Kohlrabiblätter und so was. Wenn er auf der Gartenwiese herumhoppelt,

sucht er sich auch was selber.« Sie hat mit glasigen Augen in die Ferne gestiert. »Er hoppelt aber eher selten. Außerdem bekommt er Gurken und Äpfel und Möhren und so kleine Pellet-Dinger, die liegen da.« Sie hat auf eine Dose mit Futter gezeigt. »Und Wasser, logisch. Und dann müsst ihr sein Gehege sauber machen und frisches Heu reinlegen.«
»Und wie kriegen wir ihn aus seinem Häuschen raus?«, wollte Hannes wissen. Supergute Frage!
»Wozu denn?«, wollte Chantal wissen. Sie klang nur mäßig interessiert.
»Na, um mit ihm zu spielen!«, hat Hannes geantwortet.
»Herbert spielt nicht. Er pennt nur. Das seht ihr ja.«
Chantal hat dann aber trotzdem das Häuschen hochgehoben und jetzt konnte man Herbert richtig sehen.
ER WAR

GIGANTISCH!!!

Zwei Dinge waren sofort klar:

1. Herbert war kein Zwergkaninchen, er war ein Riesenkaninchen.

2. Herbert hatte ganz offensichtlich total miese Laune und absolut keine Lust, seine Bude zu verlassen.

Uns hat es erst mal die Sprache verschlagen.

»Also dann, Tschüss«, hat Chantal nach einer Weile zu uns gesagt. »Und Tschüssi, Herbert, du alter Schwede.«

»Er kommt aus Schweden?« Polly war ganz verwirrt.
»Nee, Mann. Aus der Zoohandlung.« Chantal hat uns einen vernichtenden Blick zugeworfen, dann ist sie davongeschlurft und wenig später ist unter großem Getöse das Auto der Holzmanns weggefahren.

Eine Weile lang standen wir alle etwas dämlich um Herberts Gehege herum und wussten nicht so richtig, was wir machen sollten.
»Herbert, huhu«, habe ich schließlich versucht, ihn herauszulocken. »Herbi, du süßer kleiner ... äh, ich meine großer Schatz. Komm doch mal raus.«

Als Antwort hat das Häuschen gewackelt. Wahrscheinlich würde Herbert es jeden Moment mit seinem massigen Körper sprengen. Wir sind alle vorsichtshalber einen Schritt zurückgetreten. Dann ist Polly losgegangen, um im Garten ein paar Löwenzahnblätter zu suchen. Hannes hat neues Wasser in den Trinknapf von Herbert gefüllt und Nils hat neues Heu in sein Gehege gelegt. Dann gab es erst mal nichts mehr zu tun und deshalb habe ich eine Planänderung gemacht:

Was man ~~mit einem süßen Zwergkaninchen~~ mit Herbert alles machen kann:

- nichts

Plötzlich kam Herbert aber doch heraus. Er hat was von dem neuen Heu geholt und in sein Häuschen geschleppt. Mehrmals. Das hat ihm offenbar Spaß gemacht. Jetzt konnte man auch sehen, dass Herbert süß war. Aber als ich ihn streicheln wollte, ist er sofort abgehauen.
Polly hat versucht, ihm die Löwenzahnblätter zu geben, aber die wollte er nicht. Voll verwöhnt, dieser Herbert!

»Besser so«, hat Nils gemeint. »Wenn ihr mich fragt, hat der schon genug gefuttert, um zwei Jahre zu überwintern.«
Wir haben noch ein bisschen gewartet, aber Herbert hat nur in seinem Häuschen herumgefuhrwerkt und kam nicht mehr heraus.
Eine Stimmungskanone war er nicht gerade, so viel war klar. Da sind wir erst mal gegangen.
Vielleicht sollten wir versuchen, noch einen weiteren Job zu bekommen?

Am Nachmittag habe ich Papa von Herbert erzählt. Papa sah ein bisschen seltsam aus, so verschoben irgendwie. Das kam daher, dass seine Nase von einem Bienenstich ganz geschwollen war. Julie hat gesagt, Papa soll sich eine Zwiebel drauflegen, weil das hilft. Aber Papa wollte nicht. Er fand, dass das albern aussieht. (Später hat er aber einen alten Hut mit Schleier von meiner Oma aufgesetzt, als er wieder zu seinen Bienen gegangen ist, damit sie ihn nicht wieder stechen. Das sah definitiv alberner aus als eine Zwiebel auf der Nase, aber auf mich hört ja keiner!)

Papa meinte, dass Herbert bestimmt einsam ist, weil Zwergkaninchen nicht alleine sein sollten und andere Kaninchen zum Spielen haben wollen. Da tat mir der dicke, einsame Herbert auf einmal total leid!!!

Deshalb bin ich abends auch noch mal mit Polly zu Herbert rübergegangen. Wir haben ihm Rudi zum Spielen mitgebracht. Rudi hat sich auf Herberts Häuschen gesetzt und hat sich lange mit ihm unterhalten.

ICH SCHWÖRE ES!

Rudi hat nachdenklich mit dem Kopf genickt und Herbert kam noch mal raus, um wieder Heu zu holen, das er in sein Haus geschleppt hat. Wahrscheinlich denkt er, dass Heu demnächst knapp wird oder so.
Polly und ich haben ihm ein paar Pappröhren ins Gehege gelegt, damit er da sportlich hindurchpreschen konnte. Und sogar eine kleine Buddelkiste haben wir ihm aufgestellt. Herbert hat aber nicht mal mit der Wimper gezuckt.

Haben Zwergkaninchen Wimpern?
Unbedingt herausfinden!

Und dann ist Rudi auf einmal aufgeregt herumgeflattert und hat gekrächzt:

»Herbert frisst kein Gretchen?«, hab ich geraten.
»Herbert wiegt kein Fädchen?«, hat Polly geraten.
»Herbert kriegt kein Stäbchen?«, hab ich geraten.

HM…

Polly und ich haben uns ratlos angeguckt. Das erste Mal hatten wir nicht die leiseste Ahnung, was Rudi uns sagen wollte.
»Gute Nacht, Herbertchen«, habe ich geflüstert. »Vielleicht hast du ja morgen mehr Lust zum Spielen.«

8. Herberts Geheimnis wird gelüftet

Am nächsten Morgen kam Polly zu mir und wir sind gleich rüber zu den Nachbarn, um Herbert zu besuchen. Hannes und Nils mussten heute früh zum Zahnarzt, aber sie verpassten bei Herbert ja sowieso nicht viel.
Rudi haben wir wieder mitgenommen, damit er Herbert ein bisschen aufmunterte, aber natürlich hockte der wieder in seinem Haus. Und wie es aussah, hatte er seinen Löwenzahn auch gar nicht angerührt, der lag vertrocknet im Gehege.
»Guten Morgen, Herbert«, hab ich ihn trotzdem fröhlich begrüßt. Keine Reaktion. Polly und ich haben uns ratlos angesehen.
Vielleicht war das dicke Herbertchen ja krank?
Kurz entschlossen habe ich den Deckel seines Häuschens hochgehoben, genau wie Chantal es gestern gemacht hatte. Und da … **Ach du lieber Himmel!!!!**

Im ersten Moment habe ich gar nicht kapiert, was ich da sehe. Aber dann hab ich die Augen aufgerissen, denn mitten in einem Nest aus Heu und Fell lag Herbert. Und um ihn herum lagen …
»Ka… Ka… Kaninchenbabys?«, hat Polly verdattert geflüstert.

»Kaninchenbabys«, hab ich bestätigt. Meine Stimme klang ganz piepsig. Tausend Gedanken sausten durch meinen Kopf. Und auch durch Pollys. Wir haben nämlich beide dasselbe gedacht: Wie um alles in der Welt konnte das sein?

Rudi ist auf meine Schulter geflattert und hat mir ins Ohr gekrächzt:

Und diesmal haben wir ihn verstanden.
»Herbert …«, hat Polly langsam gesagt.
» … ist …«, hab ich langsam gesagt.
» … ein …«, hat Polly langsam gesagt.
» … Mädchen«, hab ich langsam gesagt.

OH MANN!!!

Vorsichtig haben wir uns über Herbert gebeugt. Der ja gar kein Herbert mehr war, sondern eine …

»Berta?«, hab ich die junge Kaninchenmama vorsichtig angesprochen. Berta hat mich angeblinzelt. Und dann ist sie ein Stück zur Seite gerutscht, sodass wir ihre Babys sehen konnten. Es waren sechs Stück! Und sie waren winzig klein und nackig und süß und hatten die Augen zu!

»Herzlichen Glückwunsch«, hat Polly geflüstert. »Was machen wir denn jetzt?«
Erst mal haben wir Herbert, also Berta, neues Wasser und Futter hingestellt. Bestimmt hatte sie totalen Hunger! Und ihre sechs Babys auch. Tatsächlich ist Berta jetzt aus dem Haus gekommen, um etwas zu essen. Auf einmal war sie auch ganz dünn, das konnten wir sehen.
»Wieso hat Chantal das denn nicht gewusst?«, hat Polly mich gefragt.
»Keine Ahnung. Ich glaube, sie ist nicht die hellste Kerze auf der Torte. Und sie hatte ihn ja auch erst seit Kurzem. Sie hat gedacht, Herbert ist einfach nur dick und lahm.«

»Berta«, hat Polly mich mechanisch verbessert. »Und nun?«
Auf einmal fielen uns tausend Sachen ein, die wir machen mussten:

Kaninchenbaby-To-do-list

- Hannes und Nils Bescheid sagen
- den Babys Namen geben (Mädchen oder Jungs? Schwer zu sagen ...)
- Chantal Bescheid sagen
- herausfinden, ob wir die Babys anfassen dürfen oder nicht
- meinem Papa Bescheid sagen
- ~~Herberts~~ Bertas Häuschen sauber machen?
- eine Geburtsanzeige in die Zeitung setzen?

Weil mein Papa gerade in seinem Forschungslabor war, haben wir erst mal Chantal angerufen. Da ging aber gleich die Mailbox ran.

»Hallöööööööööchen, hier ist Chantal. Nachricht hinterlassen, tschau, tschau, ihr Opfer! Bussi!«
»Ähm, Chantal«, habe ich gestottert. »Hier ist Frieda. Die Berta hat …« In dem Moment fiel mir ein, dass Chantal ja gar keine Ahnung hatte, wer Berta war. »Der Herbert hat Kinder gekriegt. Sechs Stück. Kannst du mich bitte zurückrufen? Danke.«

Dann haben wir Hannes und Nils angerufen. Wir waren jetzt echt froh, dass wir noch zwei Tiersitter mehr hatten, mit denen wir uns beratschlagen konnten. Obwohl ich ehrlich gesagt nicht sicher war, ob Hannes oder Nils mehr Ahnung von Tierbabys hatten als wir. Sie waren jedenfalls beide genauso verdattert wie wir.

»Geil«, hat Nils gerufen, kaum dass er einen Fuß in den Garten gesetzt hatte. »Jetzt können wir pro Tag neunundvierzig Euro von dieser Chantal verlangen!«
»Wieso?«, wollten wir wissen.
»Na – rechne doch mal mit.« Nils hat nachsichtig gelächelt. »Für ein Kaninchen sollten wir sieben Euro pro Tag bekommen. Jetzt sind es

aber insgesamt sieben Kaninchen. Also sieben mal sieben macht neunundvierzig. Klasse. Seid ihr sicher, dass es nur sechs Babys sind?«

Er hat vorsichtig den Deckel des Häuschens hochgehoben. Die Kaninchenbabys hingen alle an Berta dran und haben an ihr herumgenuckelt. So niedlich!!!

»Nur sechs, tatsächlich«, hat Nils gesagt. Er klang ein kleines bisschen enttäuscht.

»Wir können sowieso nicht mehr Geld von Chantal verlangen«, hab ich gesagt. »Sie hat sich ja schon wegen sieben Euro so angestellt. Außerdem bekommt sie nicht so viel Taschengeld.« Das wusste ich zufälligerweise, weil sie sich immer bei offenem Fenster mit ihren Eltern darüber stritt.

Wir standen wie Taufpaten um die Babys herum und haben sie ganz glücklich betrachtet. Wenn man sie länger beobachtete, konnte man sogar Unterschiede feststellen. Das brachte mich darauf, dass die Kleinen ja unbedingt einen Namen brauchten. Wir wussten zwar noch nicht, ob es Jungs oder Mädchen waren, aber das machte nichts. Wir konnten ja schon mal planen.

Vorschläge für Babynamen von Nils und Hannes:

- Transformer
- Shrek
- Spongebob
- Batman
- Bart Simpson
- Spiderman

Was für absolut blöde Namen!

Vorschläge für Babynamen von Polly und Frieda:

- Pippi
- Selena
- Taylor Swift
- Hermine
- Beyoncé
- Adele

Was für absolut blöde Namen!

Beinahe hätten wir uns gestritten, aber da kam zum Glück endlich mein Papa nach Hause. Der war ja Experte für Tiere, der wusste bestimmt, was wir machen mussten!

Papa hat sich verblüfft am Kopf gekratzt und hat gesagt: »Na, so was.« Und dann hat er ganz leise zu seiner Freundin Julie gesagt, wie unglaublich dämlich denn die Holzmanns eigentlich sind, dass sie das nicht gemerkt haben. Ich hab es genau gehört!
Papa meinte dann, wir sollen die Babys heute noch in Ruhe lassen, aber ab morgen müssen wir sie wiegen und dazu müssen wir sie anfassen. Er hat gesagt, bevor wir sie anfassen, müssen wir Mama Berta streicheln, damit unsere Hände nach ihr riechen. Und dass wir eine kleine Waage vom Tierarzt an der Ecke borgen können, den kennt er.
Wir sind sofort alle los, um zum Tierarzt zu gehen, aber als wir aus dem Gartentor traten, kamen genau in dem Moment Inga Waldmann und Viola Posselbeck vorbei. Offenbar waren sie auf einmal wieder allerbeste Freundinnen. Als sie uns vier zusammen gesehen haben, sind sie sofort stehen geblieben.
»Ey, was macht ihr denn alle hier?«, wollte Viola wissen.

»Die gehen zusammen«, hat Inga sofort losgegackert. »Scht«, hat Viola sie angefahren. Man konnte sehen, dass sie sich geärgert hat, weil ihr das nicht eingefallen ist.

»Passt ihr zusammen auf Regenwürmer auf oder was?«, hat sie uns gefragt.

Inga hat als Einzige lahm gelacht.

»Von wegen«, hat Polly zurückgefeuert. »Wir haben was viel Besseres! Wir haben Ka-«

Da hab ich ihr ganz schnell auf den Fuß getreten, damit sie nicht alles ausplappert. Man konnte ja ziemlich einfach zu den Holzmanns in den Garten rein – was, wenn Viola und Inga das dann überall herumerzählten und tausend Kinder kamen und alle die Kaninchenbabys angrabschten?

Das ging auf keinen Fall!

»Es ist ein Geheimnis«, hat Hannes mit mysteriöser Stimme verkündet, aber damit hat er natürlich erst recht

Violas Neugier angestachelt. Wenn sie eins nicht leiden kann, dann irgendwo ausgeschlossen zu sein.
»Es ist voll süß, das kriegt ihr nie raus«, hat Polly jetzt noch eins draufgesetzt. MAHH, POLLY!!!

»Voll süß? Geheimnis?« Viola hat gierige große Augen gekriegt. »Uns könnt ihr es doch erzählen. Wir sagen es auch nicht weiter.« ALS OB! HAHAHAHAHA!

Wir haben die beiden stehen gelassen und die Waage vom Tierarzt geholt.
Dann fiel uns aber ein, dass wir jetzt wirklich endlich Namen brauchten, denn ab morgen sollten wir ja die Babys wiegen und dazu mussten wir sie unterscheiden können.
Zurück im Garten der Holzmanns haben wir also noch mal überlegt.

»Das da«, hat Hannes gesagt und auf ein Mini-Baby mit schwarzen Flecken gezeigt. »Ist ein richtiger Schnuffel.«

»Und das da«, hab ich gesagt, und auf eins ohne Flecken gezeigt, »ist ein Knuffel.«
»Das da ist Wuffel.« Polly hat eins rausgesucht.

»Und das da ein Muffel. Das hat so einen beleidigten Zug um den Mund.« Nils hat

auf eins gezeigt. Na, bitte. Da hatten wir doch unsere Namen. Die Kaninchenbabys hießen also ab jetzt:

Leider mussten Hannes und Nils dann wieder weg. Polly meinte, wir könnten doch den Kaninchenbabys zum Einschlafen noch ein Lied vorsingen, das macht man so bei Babys. Hannes und Nils haben sofort »Nein, danke« gesagt, aber Polly hat gesagt: »Einmal Tiersitter – immer Tiersitter, mit Singen und allem, was dazugehört.«

Wir haben uns dann für *Häschen in der Grube* entschieden. Das passte ja.

Es klang ein bisschen quäkend und Hannes und Nils kannten den Text nicht mehr und haben nur so gebrummt, aber es war trotzdem sehr schön. Jedenfalls bis zu dem Moment, als plötzlich Inga Waldmanns Kopf über der Hecke auftauchte. Sie hat begeistert losgegrölt und irgendjemandem (wahrscheinlich Viola) zugerufen:

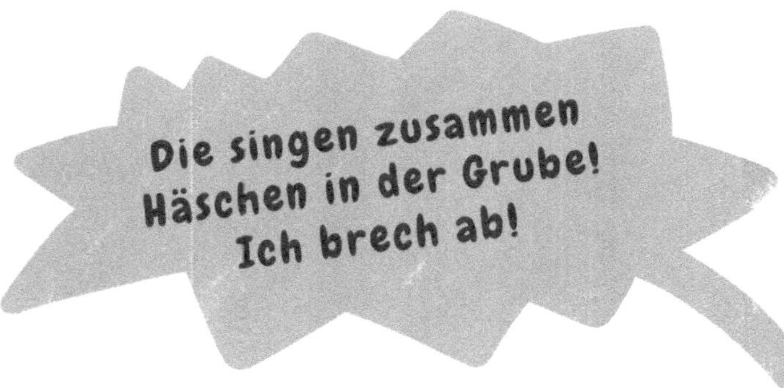

Dann war sie auf einmal weg und wir haben ein Fluchen gehört. Wahrscheinlich ist die Räuberleiter zusammengebrochen.
So ein Mist! Ausgerechnet Inga musste uns dabei zusehen!

9. Wir retten Puffel

Erst mal ging alles super. Wir haben die Kaninchenbabys einmal am Tag gewogen. Zuerst waren wir voll überfordert. Die Kaninchenbabys waren ja so klein und zart und zerbrechlich! Und außerdem waren sie ja noch blind, sie konnten also nicht mal sehen, wer sie da plötzlich wie ein unsichtbarer Kran hoch in die Luft hob! Dann haben wir genau aufgeschrieben, wer wie viel wiegt:

Gewichtszunahme der süßen Flauschbällchen

Tag 2	Tag 4
Schnuffel: 54 g	Schnuffel: 68 g
Wuffel: 52 g	Wuffel: 62 g
Knuffel: 47 g	Knuffel: 60 g
Muffel: 45 g	Muffel: 58 g
Fluffel: 40 g	Fluffel: 58 g
Puffel: 39 g	Puffel: 47 g

Wir hatten so viel mit den Babys und dem frischen Wasser, dem Saubermachen und dem Futter für Mama Berta zu tun, dass Polly und ich echt froh waren, dass Nils und Hannes mit dabei waren. Auch wenn Nils Puffel immer heimlich mit »Batman« angesprochen hat.

»Hey, Batman! Wachs mal ein bisschen schneller. Wie willst du denn sonst fliegen?« Puffel war nämlich eindeutig das kleinste Baby. Aber auch das süßeste! Jetzt bekamen die Babys nämlich immer mehr Fell!
So beschäftigt waren wir, das wir erst mal gar nicht mitgekriegt haben, dass Viola und Inga immer noch hinter unserem Geheimnis her waren. Dauernd lungerten sie vor unserem Haus herum und haben mit Kreide irgendwelches blödes Zeug auf die Straße gemalt:

Am fünften Tag hatten alle Kaninchenbabys weiter zugenommen. Außer Puffel. Puffel hatte sogar abgenommen!!! Ganz klein und zart und dünn und mickrig lag er ein Stück weit von seinen Geschwistern weg.

ES WAR DAS TRAURIGSTE, WAS ICH JE IN MEINEM LEBEN GESEHEN HABE!!!

Wir waren alle total fertig. Hannes hat mit zitternden Fingern trotzdem das Protokoll weitergeschrieben, Nils hat zum fünfzehnten Mal das Gehege sauber gemacht, obwohl alles schon geblitzt hat, Polly hat Mama Berta gestreichelt, denn die war auch ganz aufgeregt, und ich habe Puffel zu seiner Mama gelegt, damit er was trinkt, aber er wollte nicht. Und dann kamen die anderen Kaninchenbabys an und haben Puffel einfach zur Seite geschoben! Diese Verräter!
Polly hat gesagt, das erinnert sie an ihre Brüder, die fressen ihr auch immer alles weg. Aber das hat uns auch nicht weitergebracht, denn irgendwas mussten wir tun, sonst …
Und Chantal hatte sich immer noch nicht bei uns gemeldet! Der waren die eigenen Enkelkinder völlig egal!

Am liebsten hätte ich angefangen zu weinen. Schöne Tiersitter waren wir – erst haute uns Goldschnucki ab und dann, dann, dann … habe ich angefangen zu weinen. Polly hat mitgeweint. Hannes hat mir beruhigend auf den Rücken gepatscht. Nils hat »Mensch, Batman, gib doch jetzt nicht auf!« gemurmelt. Da musste ich noch doller weinen!

Und dann hab ich meinen Papa geholt.

Papa hat sich das arme Puffelchen genau angesehen und gemeint, dass wir es mit der Flasche aufziehen müssen, sonst überlebt Puffel nicht. Aus irgendeinem Grund trinkt Puffel nicht richtig und nimmt deshalb nicht zu. Wir müssen Puffel warm halten und ihm verdünnte Katzenmilch oder Welpenmilch füttern. Erst mit einer Spritze und dann später mit einer Nuckelflasche.
Und so kam es, dass wir auf einmal richtige Kanincheneltern wurden! Wie gut, dass wir zu viert waren, denn jetzt hatten wir megaviel zu tun!

Puffel-Protokoll

Tag 5

Wir haben Puffel mit einem Wärmekissen und einem Körnerkissen eingedeckt, damit er es schön warm hat. Die Milch haben wir mit Fencheltee verdünnt und dann versucht, die Spritze in sein winziges Mäulchen zu stecken. Hannes war so aufgeregt, dass er alles verschüttet hat. Mann, Hannes! Es geht um Leben und Tod! Ein paar Tropfen haben wir trotzdem in Puffel reinbekommen.

Tag 6

Puffel wiegt 53 g. Gott sei Dank! Immer noch zu wenig, aber wenigstens nimmt er zu!

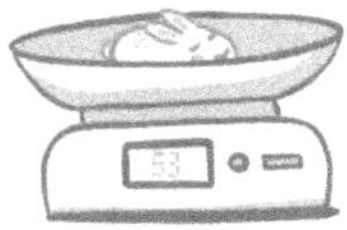

Tag 7

Puffel wiegt 60 g. Juhuu! Er schlabbert wie ein Verrückter an der Spritze herum! Sein Fellchen wird ganz grau und samtig!

Tag 8

Puffel wiegt 69 g! Er quiekt fröhlich und buddelt im Heu herum! Ab heute bekommt er auch einen Tropfen Öl in seine Milch.

Tag 9

Puffel wiegt 80 g! Wow, das kleine Fettklößchen! Er sieht jetzt schon aus wie ein richtiges süßes Kaninchen. Supersamtig!

Tag 10

Puffel wiegt 90 g, genauso viel wie Schnuffel! Wir haben es geschafft! Und heute hat Puffel das erste Mal die Augen aufgemacht und uns ganz erstaunt angeguckt.

Wir waren so glücklich, dass wir alle um das Gehege herumgetanzt sind. Es wäre uns auch egal gewesen, wenn Inga und Viola in diesem Moment wieder über die Hecke geguckt hätten. Haben sie aber nicht. Die hatten sich nämlich schon wieder verkracht.

Ein paar Tage später war es dann so weit: Die Holzmanns kamen aus dem Urlaub zurück. Ich war ja total sauer auf Chantal. Die hatte sich nämlich immer noch nicht gemeldet, obwohl ich noch drei Nachrichten hinterlassen hatte!

Um 15 Uhr fuhr der Wagen von Holzmanns vor dem Haus vor. Chantals Eltern waren ganz überrascht, weil vier Kinder auf ihrem Grundstück rumliefen.

»Öhm, spielt ihr etwa alle in unserem Garten?«, wollte Herr Holzmann wissen und hat ganz besorgt zu seinem kostbaren Gewächshaus geschielt.
»Wir spielen nicht«, hab ich geantwortet und dabei Chantal angeguckt. »Wir retten Leben.«
»Wie goldig. Die spielen Bergdoktor oder so was«, hat Frau Holzmann ihrem Mann zugeflüstert.
Chantal hat mich gar nicht gehört. Sie hatte Kopfhörer auf und hat Kaugummi gemümmelt. »Das Leben von Chantals Kaninchen!«, hab ich jetzt laut gesagt. Chantals Mama hat Chantal angestupst und die hat ihre Kopfhörer abgenommen und »Hä?« gesagt.
»Dein Kaninchen hat Babys bekommen, Chantal. Ich hab dir doch ganz viele Nachrichten hinterlassen.«
Jetzt haben die Holzmanns herzlich gelacht und Chantal hat gesagt: »Hab ich gehört, ja. Aber veräppeln kann ich mich alleine.«
Als Antwort sind wir zur Seite getreten und haben auf das Kaninchengehege gezeigt, denn die sechs Babys waren jetzt zwei Wochen alt und liefen schon außerhalb von ihrem Nest herum.

Es war der SÜSSESTE

Anblick auf der Welt!

Chantals Mutter hat gleich einen begeisterten Quieker von sich gegeben. Chantal hat die Augen aufgerissen und hat »Me… Me… Menschenskind, Herbert!« gestottert.
»Bin zwar kein Tierarzt, aber das ist eindeutig kein Herbert«, hat Nils sich vernehmen lassen.
»Wahre Worte, junger Mann. Wahre Worte«, hat Chantals Papa gemurmelt.
»Wir nennen Herbert jetzt Berta«, hab ich erklärt. »Und das hier sind Wuffel, Schnuffel, Knuff…« Weiter bin ich nicht gekommen, denn Chantal hat jetzt mit ihrer Mama um die Wette gequiekt:

Sie waren völlig aus dem Häuschen und zu allem Überfluss kam jetzt auch noch mein Papa mit Rudi auf der Schulter dazu. Er hat Herrn Holzmann die Hand geschüttelt und ihn dann über das Gequieke hinweg darüber informiert, was passiert ist. Und dass ein Kaninchenbaby beinahe gestorben wäre, wenn wir es nicht mit der

Flasche aufgezogen hätten. Hier haben Chantal und ihre Mama aufgehört zu quieken und haben nahtlos mit Schluchzen weitergemacht. Wir haben dann Puffel rausgehoben und ihn Chantal gezeigt. Sie wollte ihn gleich abküssen, aber Papa meinte, lieber nicht. Dann ist ein Wunder geschehen. Chantal hat sich bedankt. Und entschuldigt.

»Sorry, ey, Frieda. Ich dachte, ihr wollt mich verar… ich meine, auf den Arm nehmen. Das ist voll übelst lieb von euch, dass ihr euch so gekümmert habt. Wie kann ich euch je dafür danken?«

»Du könntest uns bezahlen«, hab ich ihr vorgeschlagen.

Das hat Chantals rührseliger Stimmung einen kleinen Dämpfer versetzt.

»Ach so, ja«, hat sie gesagt und ihre Geldbörse rausgekramt. »Wie war das gleich? Fünf Euro pro Tag, oder?«

»Sieben«, haben wir alle im Chor und mit eisernem Blick gesagt.

Und Rudi hat gerufen:

Das hat sogar Chantal verstanden.

»Okay, dann eben sieben«, hat sie genuschelt. »Sieben mal vierzehn Tage macht …« Sie hat sich auf die Lippe gebissen und nachgedacht. Und noch mehr nachgedacht.
»Achtundneunzig«, ist Hannes ihr sehr liebenswert zu Hilfe gekommen.
»Hm, ja. Logisch.« Chantal hat mir seufzend hundert Euro hingehalten. »Da krieg ich aber noch zwei Euro zurück.«
Aber jetzt ist ihr Papa explodiert. »Auf gar keinen Fall«, hat er sie angemeckert. »Diese Kinder haben Unglaubliches geleistet. Du hast ja nicht mal gemerkt, dass dein Kaninchen schwanger ist!«
»Woher soll ich das denn wissen?«, hat Chantal zurückgeschnappt. »Und ich hab nicht mehr als hundert Euro. Ihr gebt mir ja nie genug Taschengeld. ALLE kriegen mehr als ich. Selbst Frieda hier kriegt mehr«, hat sie behauptet.
»Ähm …«, hab ich versucht, zu Wort zu kommen, aber Chantal und ihr Papa haben sich jetzt lauthals gestritten. Frau Holzmann hat die Augen verdreht, mir zugezwinkert, in ihre Geldbörse gegriffen und uns einen weiteren Hunderter zugesteckt.

Jetzt hatten wir **200 Euro**

Juhu! Unser Geschäft boomt!

Chantals Papa hat zu ihr gesagt, dass sie doch auch jobben könnte, und Chantal hat gesagt, sie braucht keinen Job, weil sie ihre Kaninchenbabys nämlich auf YouTube stellen und ganz viel Geld damit verdienen wird. Da hat ihr Papa gesagt, dass sie sowieso nicht alle Babys behalten kann, und da wurde es auf einmal ganz still.
Was soll denn mit den Kleinen passieren? Wo sollen die denn hin?
Mir ist gleich ganz schlecht geworden.
Da hat mein Papa sich zum Glück zu Wort gemeldet. Er hat gesagt, die Kaninchenbabys müssen noch bei ihrer Mama bleiben, bis sie acht Wochen alt sind. Und dass Kaninchen nicht alleine leben sollten. Chantal darf sie also auf keinen Fall einzeln weggeben.
Wir haben gemeinsam überlegt, wie wir das Problem lösen konnten.

Nach langem Hin und Her kam dann das hier raus:

Chantal behält natürlich Berta. Und dann noch Schnuffel und Wuffel.

Hannes und Nils bekommen Knuffel und Muffel. Die beiden können im Garten von ihrer Oma wohnen.

Polly und Frieda teilen sich Fluffel und Puffel. Die Kaninchen wohnen aber bei Frieda, weil Polly keinen Garten hat und kein Haustier haben darf.

Da war ich soooooooooooooo erleichtert.

Abends haben wir dann Viola mal wieder getroffen. Sie sah schon ganz blass und mitgenommen aus, weil sie unser Geheimnis immer noch nicht gelüftet hatte. »Bitte, bitte, verratet es mir doch«, hat sie mit dünnem Stimmchen gefleht. »Es macht mich echt wahnsinnig, dass ich das nicht weiß.«

Ich habe einen kurzen Blick mit Polly gewechselt. Wenn das so weiterging, würden wir auch Viola mit Katzenmilch und einer Nuckelflasche aufpäppeln müssen, weil sie vor Neugier immer schwächer wurde.
»Okay«, haben wir gesagt. »Wir zeigen es dir.«
(Viola konnte noch zehnmal lauter quieken als Chantal und ihre Mama.)

10. Fette Kohle, fette Käfer und vielleicht ein neuer Job?

Die Kaninchenbabys waren jetzt schon vier Wochen alt. Sie wurden jeden Tag NOCH niedlicher und wir sind immer zu Chantal rüber, um ihr mit den Babys zu helfen und um Fluffel und Puffel zu besuchen.
Allerdings hatten wir seitdem auch keinen weiteren Job mehr bekommen und das war schade. Tiersitter zu sein war nämlich toll und aufregend und machte Spaß. Und nicht zu vergessen – man bekam Geld dafür. Fette Kohle! Außerdem waren wir ja jetzt auf Tierbabys spezialisiert. Wir haben jeden Tag davon geträumt, auf was für süße Tierbabys wir vielleicht als Nächstes aufpassen könnten.
»Kleine Welpen! Kätzchen! Meerschweinchenbabys! Bärenbabys! Löwenbabys! Elefantenbabys!«

Mein Papa hatte inzwischen ein ganzes Insekten-Königreich in seinem Arbeitszimmer errichtet. Dort hat es gebrummt und gesummt wie verrückt. Jetzt war er gerade mit Ameisen beschäftigt. Er hat gesagt, dass Ameisen sich am Geruch erkennen und sich sofort auf eine Ameise stürzen, die nicht aus ihrem Bau stammt. Ameisenbabys waren aber irgendwie nicht so das, was uns vorschwebte. Für die brauchte man ja außerdem eine Lupe!

Wir haben Papa gefragt, ob er einen Tiersitter-Job für uns hat. Zum Beispiel könnten wir mit den Ameisen zusammen aufpassen, ob sich Feinde dem Bau nähern oder so. Er meinte, wir könnten im Garten Marienkäfer für ihn suchen, wenn wir wollen. Er zahlt uns zehn Cent pro Käfer. Hm. Polly hat schnell gerechnet, dass jeder von uns vier Tiersittern fünfhundert Käfer finden müsste, um genau dasselbe zu verdienen wie bei den Kaninchen. Und dass wir das niemals schaffen. Ich hab gemeint, es ist besser als nichts und wir können ja mal im Garten gucken. Vielleicht ist ja ausgerechnet in diesem Sommer eine Völkerwanderung von Marienkäfern unterwegs?

Wir haben überall geguckt, aber da waren keine Marienkäfer. Nicht ein einziger. Oder sie haben sich versteckt? Aber wir haben sämtliche Federbälle gefunden, die wir letzten Sommer verloren haben. Das war prima, denn so konnten wir zu viert eine Runde Federball spielen. Dann mussten Hannes und Nils aber weg, weil sie irgendwelche Verwandten besuchen mussten. Nils hat gefragt, ob er sich ein paar Spinnen aus meinem Baumhaus ausborgen darf? Er bringt sie auch heil wieder, aber seine Tante Ulla würde sich sicher ganz doll freuen, diese reizenden Tierchen auf ihrem Kaffeetisch zu finden, und vielleicht müssen er und Hannes dann nämlich nicht so lange bleiben.

Ich hab gesagt okay, aber ihnen darf nichts passieren.

Und Hannes hat gesagt, wir sollen ihnen unbedingt Bescheid geben, wenn wir einen neuen Job bekommen!

Na, logisch!

Wir haben noch ein wenig lustlos weitergesucht und da haben, wir endlich einen Marienkäfer gefunden.
Es war der riesigste, fetteste Marienkäfer, den ich je in meinem Leben gesehen habe. Polly meinte, der hat bestimmt alle anderen Käfer GEFRESSEN, deshalb ist kein weiterer mehr da.

Wir haben ihn zu Papa gebracht und der hat sich furchtbar gefreut. Wir haben einen ganzen Euro für den Monster-Käfer bekommen. Aber so richtig gelohnt hat sich das nicht. Es hat auch niemand weiter angerufen. Vielleicht mussten wir noch mehr Werbung machen?

Wir sind in den Park gegangen, um zu gucken, ob irgendjemand dort vielleicht einen Tiersitter brauchte. Da waren ja immer so viele süße Hunde und vielleicht brauchte jemand zwei großartige Tiersitter für seinen vierbeinigen Liebling? Aber wir haben nur diese Antworten bekommen:

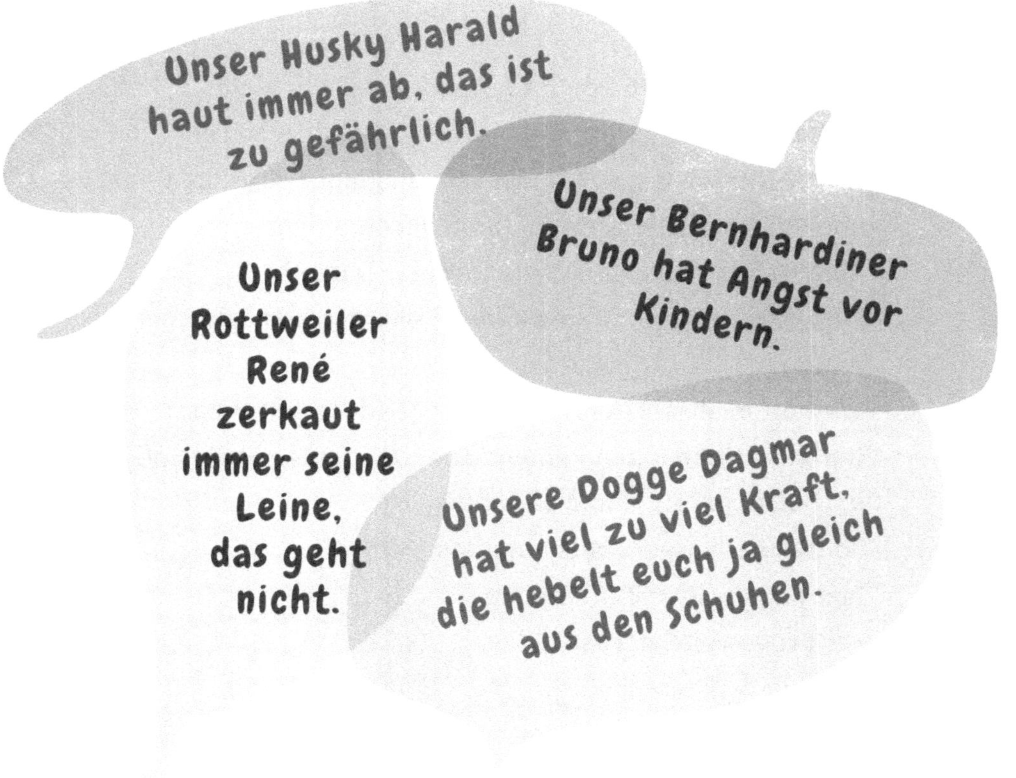

Mann ey! So ein Mist. Wir sind herumgeschlichen und haben geguckt, was sonst noch so im Park los war, aber da war nur der Viola-Posselbeck-Fanklub. Heute haben sie Dschungelcamp gespielt. Ein paar von ihnen mussten durch das Gebüsch kriechen und unreife Brombeeren essen (WÜRG) und Viola hat entschieden, wer rausfliegt und wer in die nächste Runde darf. Der Hauptpreis war … ein Foto von Viola. Voll lahm.

Wir haben aber trotzdem zugeguckt, weil wir nichts anderes zu tun hatten, und Viola hat gesagt, wenn wir wollen, dürfen wir Zuschauer sein und hinter ihr sitzen und EVENTUELL dürfen wir dann bei der nächsten Runde sogar mitspielen. Wie waren ja jetzt FAST-FREUNDE, weil wir ihr die Kaninchenbabys gezeigt hatten.
Wir hatten absolut keine Lust. Aber andererseits konnten wir ja auch leider keinen neuen Job finden. Polly und ich haben geseufzt und uns angeguckt.
Sollten wir unsere Seele verkaufen, um hier mitzuspielen? Oder lieber vor Langeweile sterben?
Doch in dem Moment hat Pollys Handy geklingelt!!!
Ich habe sofort: »Nein danke, wir haben zu tun«, zu Viola gesagt und dann sind wir ein Stück weg von denen gegangen, damit die nicht wieder alle mithören. Hoffent-

lich war das jetzt nicht wieder ein Veräppel-Anruf. Oder nur Pollys Mutter, die wollte, dass wir auf dem Heimweg Milch kaufen oder so.
Es war aber eine

UNBEKANNTE NUMMER!

Polly ist rangegangen und hat mit fester Stimme: »Fellfreunde, hallo?«, gesagt. Dann hat sie es laut gestellt, damit ich mithören kann. Es war eine Männerstimme. Mit irgendeinem Akzent.
Und der Mann hat gesagt: »Guten Tag, hier ist äh … Monsieur Bordeaux. Isch brauche jemandä, der auf meinä Tier aufpasst. Da habe isch Ihrä Visitänkarte gesähen.«

»Oh, prima!«, hat Polly gepiept. »Ja klar, gerne.«
Der Mann hat jetzt die Stimme gesenkt. »Ist einä seltene Tier. Hat ganz scharfe langä Kralle. Kommt nachts raus und rennt herum wie Verrücktä. Da missen Sie gut aufpassen!«
»Oh, tatsächlich?«, hat Polly gekrächzt. »W... W... Was denn für K... K... Krallen?«
»Sie wolle Job? Ja? Nein? Zahle gut. Viele, viele Euro. Wegen die langä Kralle, Sie verstähen?«
Da hab ich kurz entschlossen Polly das Handy weggenommen und bin selber rangegangen. Und habe gesagt: »Natürlich nehmen wir den Job. Ob Dackel, Goldfisch oder Stier – wir kümmern uns um jedes Tier!«

11. Ein ganz merkwürdiges Tier

Der Mann hat uns seinen Namen und seine Adresse gesagt und dann blitzschnell aufgelegt. Wahrscheinlich hatte dieses fiese Krallentier ihm gerade eins übergezogen.

»Ganz scharfe Krallen?« Polly hat nervös geblinzelt. »Ich weiß nicht, ob ich so wild darauf bin, dieses Tier zu sehen.«

»Scharfe langä Kralle«, hab ich Polly automatisch verbessert. »Und rennt nachts herum wie Verrücktä.« Genau so hatte der komische Mann es ausgedrückt. Eine Megagelegenheit, mit unserer Tiersitter-Agentur noch mehr **Fette Kohle** zu verdienen.

Aber warum war Polly so zögerlich? Jetzt hatte tatsächlich jemand einen neuen JOB für uns und sie wollte nicht mitmachen? Mann ey! Seit wann war Polly denn so ein Weichei?

Mann, Polly!!!

»Wahrscheinlich ist es eine Katze«, hab ich gesagt. »Der man mal wieder die Nägel schneiden muss. Was soll es denn sonst sein?«
»Keine Ahnung«, hat Polly geflüstert. »Das ist es ja, was mich nervös macht.«

Was das Tier mit den langen Krallen sein könnte:

- ein Raubvogel? (Aber rennen Raubvögel nachts herum wie verrückt? Unbedingt herausfinden!)
- ein Dinosaurier? (Kann nicht sein, sind ausgestorben.)
- ein Faultier? (Aber das chillt nur und rennt absolut niemals herum.)
- eine Katze? (Hoffentlich ist es eine Katze.)
- ein Huhn? (Hühner rennen immer voll hektisch herum. Es ist bestimmt ein Huhn!)
- ein Hund? (Oh bitte, bitte ein Hund, egal wie lang seine »Krallen« sind!)
- ein Waschbär? (Süß, aber hat megalange Krallen.)

Nun, es gab nur einen Weg herauszufinden, um was für ein Tier es sich handelte. Indem wir nämlich morgen Vormittag zu der Adresse in der Humboldtstraße gingen, wo dieser seltsame Mann wohnte. Sein Name war Monsieur Bordeaux.

Polly meinte, das ist Französisch und wird »Missjöh Bordooh« ausgesprochen.

Es handelte sich also um ein französisches Tier mit ganz langen Krallen. Interessant.

Dann hat Polly gestutzt. Und gesagt, dass ihre blöden Brüder ja Französisch lernen. Und dass das unter Umständen wieder ein dämlicher Einfall von ihren Brüdern ist.

»Vielleicht ist der Mann gar nicht echt?«, hat Polly laut überlegt. »Vielleicht haben meine Brüder ja ihren Französischlehrer dazu angestachelt, dass er uns anruft. Und dann sitzen sie zusammen irgendwo und beobachten uns und lachen sich halb tot?«

Das war leider wirklich vorstellbar.

VIELLEICHT verstecken sich Pollys Brüder ja in der Humboldtstraße und lachen röhrend, wenn wir da ankommen.

VIELLEICHT versteckt sich ihr Französischlehrer ja mit ihnen und lacht rasselnd, wenn wir ankommen.

VIELLEICHT versteckt sich ja die ganze Klasse von Pollys Brüdern und lacht hysterisch, wenn wir ankommen.

VIELLEICHT geben sie auch noch dem Viola-Posselbeck-Fanklub Bescheid und die verstecken sich auch und lachen kreischend, wenn wir ankommen.

VIELLEICHT versteckt sich ja die ganze Schule in der Humboldtstraße und lacht »wie Verrücktä«, wenn wir ankommen.

Daher haben wir beschlossen, dass wir Hannes und Nils morgen mitnehmen. Erstens sind sie ja unsere Tiersitter-Kollegen. Zweitens könnte vielleicht einer von den beiden erst mal gucken, was genau das überhaupt für ein Tier ist. SCHLUCK. Und drittens wären wir dann wenigstens nicht alleine, falls wir uns tödlich blamieren.

Exzellenter Plan.

Fand Polly auch.

Am Abend hat mein Papa mich gefragt, ob wir auch noch Gottfried, den Goldfisch von Papas Kollegen, versorgen könnten. Der ist Professor. Also der Kollege, nicht der Goldfisch. Und er wohnt gleich bei uns um die Ecke. Im Moment ist er im Urlaub. Juhu, noch ein Job! Polly hatte leider keine Zeit mehr, deshalb bin schnell mal alleine hin.

Hey, Gottfried

Gerade als ich wieder nach Hause gekommen bin, hat meine Mama angerufen. Sie hatte eine ganz tolle Neuigkeit für mich: Mama kann eine Woche Urlaub nehmen und will mit mir zusammen wegfahren!

Juhu! Endlich habe ich Mama mal ganz für mich allein! Sie hat gesagt, ich kann mir ja schon mal überlegen, wo wir hinfahren könnten. Oder sogar fliegen? Wie aufregend!

Wo Mama und ich zusammen Urlaub machen könnten:

- am Meer, wo wir uns in die Wellen schmeißen
- in Disneyland, wo wir stundenlang Achterbahn fahren
- auf Safari, wo wir Zebras und wilde Löwen beobachten
- in London oder Paris, wo wir tolle Sehenswürdigkeiten angucken
- in Australien, wo wir mit Kängurus um die Wette hopsen

Oh Mann, so eine Auswahl!

Ich hab zu Mama gesagt, ich denke mal nach, und sie hat gesagt, sie denkt auch nach. Morgen muss sie sowieso erst mal auf Geschäftsreise nach Paris.

Am nächsten Vormittag haben wir uns dann mit Hannes und Nils getroffen, um zur Wohnung von Monsieur Bordeaux zu gehen. Außerdem hab ich noch meinem Papa Bescheid gesagt. Er hatte auch keine Ahnung, um was für ein Tier es sich handeln könnte. Aber er war auch total damit beschäftigt, ein Insektenhotel für unseren Garten zu bauen.
Ich habe auch überlegt, ob wir Rudi mitnehmen sollen. Aber was, wenn das mysteriöse Krallentier für sein Leben gern Zwergpapageien fraß?
Da wurde mir wieder so mulmig zumute, dass ich Rudi lieber zu Hause gelassen habe.
Rudi hat gekrächzt:

»Hier schreit ein Schwein?«, hat Polly geraten.
»Hier schneit es rein?«, hab ich geraten.
»Ihr seid zu klein?«
»Ihr seid gemein?«
»Ihr seid gemein!« Na klar, das hat Rudi gesagt. Er hat auch ganz beleidigt geguckt.
Mann, Rudi! Ich rette dir hier unter Umständen das Leben!

Die Humboldtstraße sah völlig normal aus. Alles ganz normale Wohnungen, keine Fabrikhallen oder so. Daher konnte das Tier nicht größer als eine Drei-Zimmer-Wohnung sein. Puh. Das war ja schon mal gut.
Allerdings trafen wir gleich auf ein völlig unerwartetes Hindernis in Form von Inga Waldmann, die unbegreiflicherweise vor dem Hauseingang von Monsieur Bordeaux herumlungerte.
Sofort haben wir uns alle nervös angeguckt. War das etwa doch eine Veräppelung und Inga stand Wache und würde gleich »Achtung, die Lachnummern kommen!« quer über die Straße rufen?

Aber sie schien genauso verdattert zu sein wie wir. »Was macht ihr denn hier?«, wollte sie wissen. »Hier wohne doch ich.« HM.

Auch das noch. Vielleicht war Monsieur Bordeaux ihr Onkel? Vielleicht war Inga ja das Tier mit langen Krallen? Ich habe schnell ihre Fingernägel betrachtet. Kurz und abgeknabbert.

»Kannst du Französisch und rennst nachts herum wie eine Verrückte?«, hab ich sie trotzdem gefragt. Man kann ja nie wissen!
»Öhm … was?« Inga hat losgeprustet. »Ich glaube, wer hier verrückt ist, das bist du. Also, was wollt ihr hier?« Sie hat sich wichtigtuerisch vor uns aufgebaut.
»Wir sind geschäftlich hier«, hat Hannes lässig geantwortet. Hehe.
Das hat Inga die Sprache verschlagen und diesen Moment haben wir ausgenutzt und sind schnell in das Haus geschlüpft.

Monsieur Bordeaux wohnte im zweiten Stock. Polly hat beherzt geklingelt. Inga ist uns gefolgt. Sie hat die Augen aufgerissen und gesagt: »Was, zu DEM wollt ihr? Der hatte schon mal eine FAST ZWEI METER LANGE Schlange, die ist ihm abgehauen und hat sich den Balkon runtergehangelt und …«
In dem Moment ging die Tür auf. Inga ist sofort verschwunden.
Augen zu und durch …
Monsieur Bordeaux sah eigentlich ganz normal aus. Ein kleiner Mann mit Schnurrbart und schwarzem Anzug. Neben ihm stand ein Koffer.

»Die Fellfreundä! Kommen Sie, kommen Sie! Isch musse weg. Zu Beärdigung fahren. Von gestorbenä Leute.« Hier hat er herzlich gelacht.

Polly hat einen gestressten Kiekser von sich gegeben.

»Wo ist das Tier?«, hab ich gefragt, damit wir das Schlimmste gleich hinter uns brachten.
»Ügo schläft!«, hat Monsieur Bordeaux gebrüllt. »Müsse leise sein!« Er hat den Zeigefinger auf den Mund gelegt. Dann hat er auf eine Tür gedeutet. Daran hing ein Schild und darauf stand: HUGO.
»Da wohnt Ügo. Mit ganz scharfä langä Kralle. So eine feine Biest.« Monsieur Bordeaux hat glücklich gelächelt.
»Hugo heißt das Tier also«, hat Hannes gemurmelt. »Und es hat ein ganzes Zimmer für sich.«
Das sahen wir ja selber. Hugo musste riesig sein, wenn er ein ganzes Zimmer brauchte.
Ich hab gelauscht, ob man irgendwie das Kratzen von scharfen Krallen auf dem Parkett hören konnte, aber es war ganz still.
»Was frisst Hugo denn?«, hat Nils sich erkundigt.
»Gemüsä. Und Fleisch«, hat Monsieur Bordeaux geantwortet. »Sähr viele Fleisch. Würmer. Und Heuschreckä. Lecker, lecker!« Hier hat Monsieur Bordeaux wieder begeistert gelacht. »Könne Sie Heuschreckä gebe, ja? Freut sich die Ügo!«
Würmer? WÜRG. Und Heuschrecken? Wo sollten wir die denn herbekommen? Etwa fangen?

Aber Monsieur Bordeaux war noch nicht fertig. »Und Futter wie so die Katzä«, hat er weiter aufgezählt. »Ügo liebt Katzä-Fleisch.«
»Mir wird gleich schlecht«, hat Polly gepiept. »Hugo frisst Katzen? Der ist bestimmt eine Riesenschlange.«
»Schlangen haben keine Krallen. Was für ein Tier ist … äh … Hugo denn?«, wollte Nils wissen. Er ließ sich nicht so schnell aus der Ruhe bringen.
»Ügo ist eine …. uh, wie heißt?« Monsieur Bordeaux hat uns hilfesuchend angeguckt.
Ja, wenn er es nicht mal selber wusste – wer denn dann?
»Ist eine …« Den Rest hat er auf Französisch gesagt. Es klang wie Errison. Oder Essaron. Oder Eskaron. Das war ja schön und gut, aber leider kann keiner von uns Französisch. Wir haben trotzdem verständnisvoll genickt.
»Nachts renne herum.« Monsieur Bordeaux hat seltsame Verrenkungen gemacht, um zu demonstrieren, wie das Krallentier in der Nacht herumraste. »Renne herum und fresse alles. Haha!«

Was genau meinte er mit alles?
In dem Moment haben zwei Handys geklingelt. Meins und das von Monsieur Bordeaux. Er ist an seins rangegangen und hat sofort angefangen, lautstark mit jemandem auf Französisch zu diskutieren.
»Hallo?«, hab ich mich an meinem gemeldet. »Hier Frieda von der Tiersitter-Agentur. Mit wem spreche ich?«
»Hallo, Frieda, hier ist Nele.«
»Hallo.« Aha, Nele. Aus unserer Klasse. Die eigentlich nett ist, obwohl sie beim Viola-Posselbeck-Fanklub mitmacht.
»Du, hör mal«, hat sie gesagt. »Meine Oma musste überraschend ins Krankenhaus. Und jetzt hat sie niemanden, der in dieser Zeit auf ihren Hund aufpasst. Wir fahren nämlich heute Nachmittag in den Urlaub. Könntet ihr das machen?«
Und ob wir das konnten! Ein Hund!

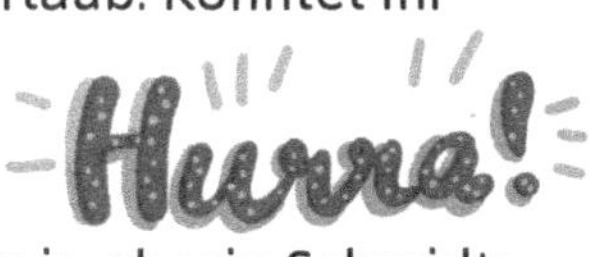

Mann, unsere Tiersitter-Agentur ging ja ab wie Schmidts Katze! (Keine Ahnung, wer die Schmidts sind. Oder ihre Katze. Das sagt man nur so.)
»Na klar«, hab ich sofort zugestimmt. »Kein Problem.«
Jetzt hatten wir schon zwei Tiere zu betreuen! Drei mit Gottfried. Einen süßen Hund und ein … Ja, was eigentlich?

Monsieur Bordeaux hatte es auf einmal schrecklich eilig. Er hat uns hektisch seinen Wohnungsschlüssel und einen Zettel in die Hand gedrückt, dann hat er einen letzten liebevollen Blick auf das MONSTERZIMMER geworfen und ist davongesprintet.

»Also, wir dürfen ab heute Nachmittag auf den Hund von Neles Oma aufpassen«, hab ich den anderen berichtet. Die haben sich total gefreut und einen Moment lang haben wir HUGO vor lauter Freude ganz vergessen. Doch dann hat Nils auf den Zettel von Monsieur Bordeaux geguckt:

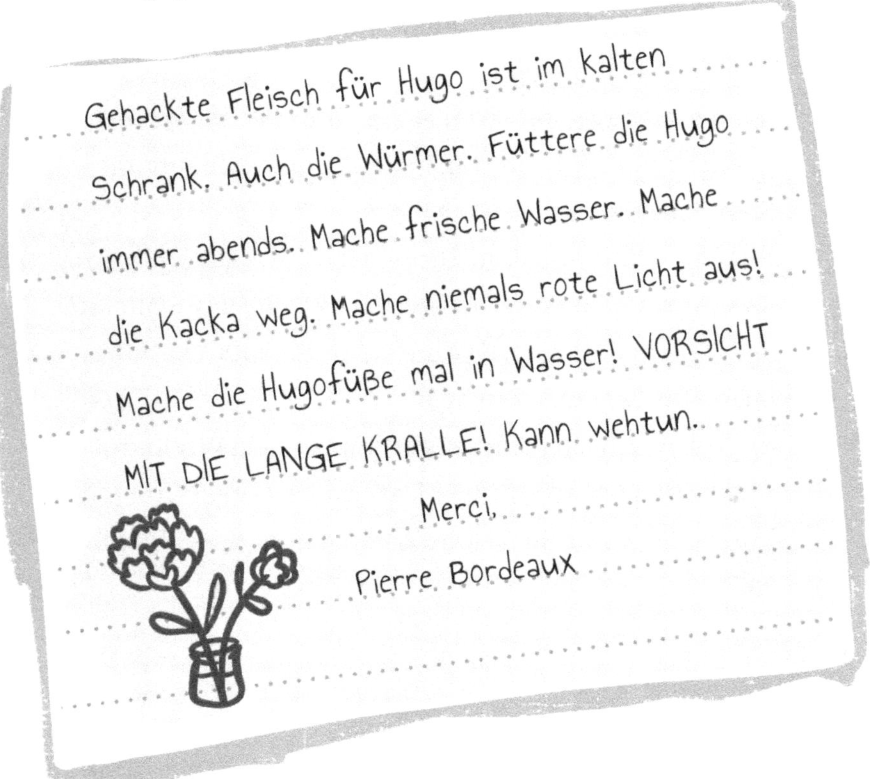
Gehackte Fleisch für Hugo ist im kalten Schrank. Auch die Würmer. Füttere die Hugo immer abends. Mache frische Wasser. Mache die Kacka weg. Mache niemals rote Licht aus! Mache die Hugofüße mal in Wasser! VORSICHT MIT DIE LANGE KRALLE! Kann wehtun.

Merci,

Pierre Bordeaux

»Mache die Hugofüße mal in Wasser?« Polly hat die Stirn gerunzelt. »Was soll das denn heißen?«
»Dass wir diesem Hugo mal die Füße waschen sollen.« Nils hat uns alle der Reihe nach angeguckt. »Aber dabei sollen wir vorsichtig sein. Wegen der Krallen.«
»W-w-wie groß ist der denn?«, hat Polly gestottert.
»Woher soll ich das wissen?« Nils hat den Zettel glattgestrichen.
Auf einmal war es ganz still in der Wohnung. Zu still.
Hannes hat auf seinem Handy herumgewischt und was im Internet gesucht.
»Es gibt ein Tier, dessen Name so ähnlich klingt wie das, was Monsieur Bordeaux gesagt hat«, meinte er schließlich. »Auf Französisch heißt es Escargot.«
»Was bedeutet das?«, wollte Polly atemlos wissen.
In dem Moment haben wir es gehört. Es hat in HUGOS Zimmer laut geraschelt.
Hannes hat die Stirn gerunzelt. »Escargot heißt Weinbergschnecke.«

WAS?

Dieses Tier wurde immer mysteriöser.

12. Gusti, der schrägste Hund der Welt

»Okay«, hab ich schließlich in die allgemeine Ratlosigkeit gesagt. »Wir haben uns dazu verpflichtet, auf Hugo aufzupassen und ihn zu füttern und ihn … äh … lieb zu haben. Was immer er auch sein mag. Stimmt's?«

Die anderen haben genickt.

»Und deswegen werden wir das auch tun!« Meine Stimme wurde immer kämpferischer. »Wir kümmern uns um jedes Tier. Wir werden Hugo genauso knuddeln und lieb haben wie Goldschnucki und die Kaninchenbabys.«

»Yeah!«, hat Hannes gemacht und die Faust gereckt. Es war fast ein bisschen wie auf einer Demo. Uns fehlte nur noch ein Plakat.

»Und deshalb«, kam ich zum Schluss, »macht jetzt einer von euch die Tür da auf, damit wir Hugo endlich Hallo sagen können.«

»Also ich nicht«, hat Polly sich sofort gewehrt.

Ich auch nicht. Ich hatte ja schon eine schwungvolle Rede gehalten. Wir haben die Jungs erwartungsvoll

angesehen. Die wollten nicht so richtig, das hat man gemerkt. Meine Güte, wie die sich anstellten! Hugo war schließlich nur eine Weinbergschnecke, das hatte Hannes eben selber gesagt!
»Hannes?«, hab ich ihn aufgefordert.
»Öhm …« Hannes hat zu seinem Bruder geschielt.
»Nils?«
»Mann, ihr Feiglinge.« Nils hat die Augen verdreht und ist zu der Tür gegangen. »Wenn man nicht alles selber macht.«
Mit diesen Worten hat er die Tür aufgerissen. Polly ist sofort zur Seite gesprungen. Ich hab vor Spannung die

Luft angehalten. Was, wenn Hugo gleich herausgeschossen kam wie ein Komet und sich auf uns stürzte? Also falls er keine Weinbergschnecke mit Krallen war.
Es kam aber niemand aus dem Zimmer.
Deshalb hat Nils jetzt einen Schritt nach vorn gemacht und gerufen: »Hallo? Hugo? Jemand zu Hause?«
Keine Antwort. Kein Fauchen, Kratzen oder Zischen.
»Hier ist überhaupt niemand«, hat Nils gemeint und hat das Zimmer betreten. Wir anderen sind vorsichtig hinterher.
Quer durch die Mitte des Zimmers ging ein kleiner Zaun. Und dahinter war offenbar Hugos Reich, denn da war alles mit Zeitungen und Sägespänen ausgelegt. Es gab Tunnel und eine Art Riesenrad, Zweige, Tannenzapfen, einen Trinknapf und ganz viele große Haufen von zerschnippelten Zeitungen und Stofffetzen. Und es war total warm in dem Zimmer, denn eine riesige Rotlichtlampe baumelte über allem. Und es gab ein KATZENKLO!
»Also doch eine Katze«, hab ich gesagt. Mann war ich erleichtert!
»Nee.« Hannes hat sich interessiert nach vorn gebeugt. »Eine Katze frisst keine Äpfel und keinen Spinat.« Er hat auf einen kleinen Teller in der Ecke gezeigt, auf dem bräunliche Apfelschnitze und Spinatblätter lagen.

»Eine Katze frisst auch keine anderen Katzen«, hat Polly gemurmelt.

HM. Das war äußerst merkwürdig. Wer war dieser Hugo nur? Und vor allem: Wo war er?

Hannes hat vorgeschlagen, dass er ein paar Tierstimmen ausprobieren könnte. Vielleicht würde ein bekannter Klang Hugo aus seinem Versteck locken? Super Idee, Hannes! Er ist nämlich ein TIERSTIMMEN-NACHAHMER-STAR!

Es klang, als ob ein ganzer Zoo in Hugos Zimmer lebte. Aber Hugo hat auf kein Geräusch reagiert. Äußerst merkwürdig.

Polly hat gedankenverloren auf ihrem Kaugummi herumgekaut und eine Blase gemacht, die laut zerplatzt ist.

Da hat sich plötzlich einer der großen Stoffhaufen bewegt! Wir sind alle erschrocken ein Stück zurückgezuckt. Hugo kam aber nicht heraus. Ich hab einen der Tannenzapfen genommen und ihn vorsichtig in Richtung Stoffhaufen gerollt. Als der Tannenzapfen dort anstieß, erklang auf einmal ein klickendes Geräusch. Und dann ein Zischen.

»Keine Katze.« Polly hatte wieder diesen nervösen Blick drauf. »Katzen klicken nicht.«

In der Tat. Wir standen alle etwas belämmert herum, denn wir waren immer noch nicht schlauer. Ein Tier, das ein Katzenklo benutzte,

Spinat aß, Wärme und ein ganzes Zimmer brauchte und klickende Geräusche machte?

»Vielleicht sollten wir heute Abend wiederkommen«, hat Hannes vorgeschlagen. »Hugo rennt ja angeblich abends immer herum. Und außerdem müssen wir uns ohnehin erst mal um den Hund kümmern.«

»Prima Idee«, hat Nils sofort zugestimmt. Polly hat eifrig genickt, und ich fand auch, dass das die beste Lösung war. Wir haben Hugo nur noch schnell frisches Wasser in seinen Napf gefüllt und neue Apfelschnitze hingelegt. Keiner will nämlich labberige, braun gewordene Apfelschnitze essen. Auch nicht ein gefährliches Krallentier.

»Tschüss, Hugo«, hab ich laut gerufen. Der Stoffhaufen blieb still.

»AU REVOIR, HUGO!«,

hat Polly gerufen. Das ist Französisch und heißt »Auf Wiedersehen, Hugo!«. Jetzt hat der Stoffhaufen gewackelt.

Interessant.

Leider war Papa nicht zu Hause, sodass ich ihn nicht fragen konnte, was für ein Tier Hugo seiner Meinung nach sein könnte. Ich hab ihm also eine Nachricht geschickt. Papa hat aber nicht gleich geantwortet. Wenn er in der

Arbeit ist und wichtige Insekten-Forschungs-Dingsbums-Sachen bespricht, dann dauert es oft ewig, ehe er mir zurückschreibt.

Dann fiel mir ein, dass meine Mama ja gerade auf einer Dienstreise in Paris war. Vielleicht konnte sie die Leute dort nach Spinat fressenden französischen Krallentieren fragen? Ich hab ihr also eine Nachricht auf der Mailbox hinterlassen.

»Mama, hier ist Frieda. Kannst du die französischen Geschäftsleute bitte fragen, welche Krallentiere sie zu Hause haben. Und ob die gern Spinat fressen und Katzen? Danke, Mami! Und ich freue mich schon auf unseren Urlaub zusammen. Juhu! Vielleicht in Paris?«

Ich habe mir gleich vorgestellt, wie Mama und ich zusammen durch Paris schlendern, auf den Eiffelturm steigen und jeden Tag Croissants essen. Vielleicht sehen wir auch ein Krallentier. Egal, Hauptsache Mama hat endlich mal Zeit nur für mich!

Jetzt musste ich aber echt mal zu Gottfried. Vielleicht war er ja heute besser drauf? Polly musste zum Klavierunterricht, dabei will sie lieber Schlagzeug spielen lernen, weil sie dann mehr Krach als ihre Brüder mit ihrer Musik machen kann. Also bin ich wieder alleine gegangen.

Hey, Gottfried

Am Nachmittag haben wir uns dann auf den Weg zu Neles Oma gemacht. Unterwegs haben wir uns ausgemalt, was wir mit diesem süßen fluffigen Hund alles Tolles machen können. Wir haben ja alle vier keinen eigenen Hund, aber wir hätten alle total gern einen!

Was man mit einem tollen Hund alles machen kann:

- durch Wiesen und Wälder stromern
- Stöckchen und Bälle werfen, die der Hund zurückbringt
- mit dem Hund im Park spazieren gehen und den Posselbeck/Waldmann-Fanklub neidisch machen
- dem Hund tolle Tricks beibringen (durch Reifen springen und so weiter)
- mit dem Hund im See um die Wette schwimmen
- uns von dem Hund retten lassen, falls wir untergehen
- den Hund knuddeln und streicheln und lieb haben und sein schönes Fell bürsten
- den Hund mit anderen süßen Hunden im Park herumtoben lassen

Nele hatte uns gesagt, dass der Hund ihrer Oma GUSTI heißt (so niedlich!) und dass die Wohnung ihrer Oma in der Kramerstraße ist. Dort wollte Nele uns treffen und uns den Schlüssel geben. Ihre Oma sollte in einer Woche wieder aus dem Krankenhaus kommen.
Eine ganze Woche lang konnten wir auf Gusti aufpassen!

Juhu!

Wie gut, dass wir zu viert waren, denn so hatten wir genug Zeit für Gusti und Hugo. Was immer Hugo auch sein mochte.

In der Kramerstraße hat Nele schon auf uns gewartet. Sie hat uns den Schlüssel in die Hand gedrückt und einen Brief von ihrer Oma für uns.
»Ich muss leider gleich weg«, hat Nele gesagt. »Wir fahren gleich nach Holland und mein Papa hupt schon seit einer halben Stunde wie verrückt, weil wir ewig nicht fertig werden. Bis bald!« Damit ist sie fortgerannt.
Wir haben uns also als Erstes den Brief durchgelesen.

Liebe Kinder,

danke, dass ihr auf meinen Gusti aufpasst. Er ist mein liebster Schatz und ein ganz, ganz lieber Hund, das werdet ihr sehen. Vergesst nicht, ihm jeden Tag genug Futter zu geben, sonst bekommt er schlechte Laune. Er frisst jeden Tag ein halbes Pfund Gehacktes, zwei Wiener Würstchen, Leckerli und eine gebratene Leber.

Wow! Das musste ja ein riesiger Hund sein! Ein riesiger und lieber Hund, wie toll!

Bitte vergesst nicht, ihm jeden Tag die Zähne zu putzen. Er mag das Zähneputzen nicht ganz so sehr wie essen, aber es muss nun mal sein. Er beißt auch nicht!

Okay. Wie putzt man denn einem Hund die Zähne??? Und der letzte Absatz war etwas merkwürdig:

Seine Anziehsachen liegen im Wohnzimmer
und sein Wägelchen steht bei der Tür.
Bitte zweimal täglich ausfahren.

Lieben Dank,
Oma Krause

Anziehsachen? Ausfahren? Die Oma hatte sich wohl verschrieben. Das musste doch sicher ausführen heißen. Und was für ein Wägelchen? Sollte Gusti einen Wagen ziehen? **Seltsam.**
Aber dann sind wir in das Haus von Oma Krause gesprintet, um endlich unseren neuen Freund Gusti zu treffen. Hannes hatte extra zwei Bälle mitgebracht und Nils ein Frisbee. **Juhu!**

Wir haben die Tür aufgeschlossen und gerufen: »Gusti! Gusti, wo bist du?«
Gleich würde Gusti um die Ecke geschossen kommen und sich schwanzwedelnd auf uns stürzen!
Aber es kam niemand. Es war nur ein seltsames Geräusch zu hören. So ein Grunzen. Und Schnaufen. Und Schnarchen. Und Röcheln.
»Offenbar schläft Gusti hier irgendwo«, habe ich gesagt. »Lasst ihn uns suchen.«
Wir haben in die Küche geguckt, aber da war kein Hund. Im Wohnzimmer auch nicht. Da haben wir die Schlafzimmertür aufgemacht. Und da, mitten auf dem Bett, auf einem riesigen Kissen saß … Mops Gusti. Der dickste Hund im ganzen Universum.

Als er uns gesehen hat, fing sein kleiner Stummelschwanz vor Freude an zu wedeln, aber durch diese unvorsichtige Bewegung kam sein runder Körper irgendwie ins Rollen und Gusti ist in Zeitlupe wie ein kleines Fass von seinem Kissenberg gekugelt und wie ein umgekippter Käfer auf dem Rücken liegen geblieben. Zu viert haben wir ihn dann wieder umgedreht. Gusti hat uns vor Dankbarkeit die Hand geleckt.

»Ähm«, hat Nils gesagt. »Was hat der denn da Bescheuertes an?«

»Einen Anzug«, hat Polly gemurmelt.

»Wozu?«, wollte Hannes wissen.

»Ist doch egal«, hab ich gesagt. »Guckt mal, wie er sich freut, dass wir da sind. Lasst uns mit ihm spielen.«

Ich hab mit der flachen

Hand auf das Bett gepatscht, um Gusti ein Zeichen zu geben, dass er runterspringen soll, aber er hat mich nur mit großen Augen angeguckt. Da haben wir ihn runtergehoben. Er war übelst schwer. Und sind mit ihm in den Flur gegangen, um dort zu spielen.

»Gusti! Fang das Bällchen«, hat Hannes gerufen und den Ball geworfen. So ein superlahmer Wurf. Gusti hat den Ball interessiert mit den Augen verfolgt und dann ist er ungefähr einen Meter gelaufen und erschöpft stehen geblieben. Und plötzlich hat er sich ohne Vorwarnung auf den Boden fallen lassen und ist wie ein Pfannkuchen liegen geblieben. Dabei hat er gekeucht wie ein Profi-Fußballer in der letzten Spielminute.
»Wow«, hat Polly gemeint. »Und ich dachte, ich bin unsportlich.«
»Vielleicht ist er ja krank?«, hab ich Gusti verteidigt. Allerdings hatte davon nichts in dem Brief gestanden.
»Nee, der ist einfach nur fett«, hat Nils gesagt. »Komm, Gusti! Fang das Bällchen«, hat er es wieder probiert. Diesmal hat er den Ball nur gerollt. Der lag jetzt einen Meter von Gusti entfernt. Gusti wollte ihn furchtbar gern haben, das konnte man ihm ansehen. Sein ganzes süßes Mopsgesicht hat vor Aufregung gezittert. Und dann hat er sich in Bewegung gesetzt und ist losgewatschelt. Wei-

ter und weiter bis zu dem Ball und dann … ist er an dem Ball vorbeigelaufen! Hä? Wo wollte Gusti hin?

Mit absolut letzter Kraft hat er sich den Flur entlanggeschleppt, ist in die Küche getaumelt und genau vor dem Kühlschrank stehen geblieben. Dort hat er dreimal gebellt und ist erschöpft auf die Küchenfliesen gesunken.

Er hat den Kühlschrank angestarrt und war nicht zu bewegen, auch nur einen Schritt von dort wegzugehen.

»Ich glaube, er will was zu essen«, hat Hannes gesagt.

»Aber jetzt noch nicht.« Ich hab auf den Zettel gezeigt, der am Kühlschrank hing:

Gustis Tagesablauf

Vormittags:

- mit einem Küsschen wecken
- die Treppe runtertragen und im Hof Gassi gehen
- die Treppe wieder hochtragen
- feines Fresserchen fürs Frühstück zubereiten (9 Uhr)
- Gusti das Frühstück geben (9.15 Uhr)
- morgendliches Schläfchen
- Fernsehen gucken

Nachmittags:

- Gustis Ausgeh-Anzug anziehen (liegt im Wohnzimmer)
- ihn die Treppe hinuntertragen
- in seinem Wägelchen eine große Runde fahren
- noch mal Gassi gehen
- zurück nach Hause, Treppe wieder hochtragen
- feines Fresserchen fürs Abendessen zubereiten (17 Uhr)
- Gusti das Abendessen geben (17.15 Uhr)
- schmusen
- Fernsehen gucken
- in sein Hundebettchen legen

»Jetzt ist es erst 15 Uhr. Laut Zeitplan muss er jetzt eine große Runde gefahren werden.«
»Gefahren werden …« Polly hat den Kopf geschüttelt. »Ich fasse es nicht.«
Wir anderen konnten es auch nicht fassen. Die Idee, mit Gusti durch die Wälder zu rennen und durch Seen zu schwimmen, konnten wir uns wohl abschminken. Aber irgendwie tat mir Gusti total leid. Es war ja nicht seine Schuld, dass er so moppelig war. Und bestimmt wäre er auch gern auf einer Wiese herumgetollt, wenn er … wenn er nur nicht so RUND gewesen wäre.

Aber wenn Oma Krause das wollte, dann sollten wir das wohl so machen. Wir haben Gusti also ins Wohnzimmer geschoben, um ihm seinen Ausgeh-Anzug anzuziehen. Im Wohnzimmer lagen mehr Outfits als bei einer Pariser Modenschau herum. (Paris! Wo ich ja vielleicht bald mit Mama bin!)
Ehrlich gesagt hatte Gusti fast mehr Klamotten als ich. Polly hat gesagt, sie wusste bisher gar nicht, was Hunde alles so anziehen können. Sie dachte immer, die haben nur ein Halsband.

Gustis Klamotten-Auswahl

ein weiß-blau gestreiftes Matrosen-Outfit (für kühle Abende auf der Jacht?)

ein kariertes Schottenjäckchen mit passender Baskenmütze (falls er auf die Jagd gehen will?)

ein kuscheliges blaues Felljäckchen mit Kapuze (für unerwartete Schneestürme?)

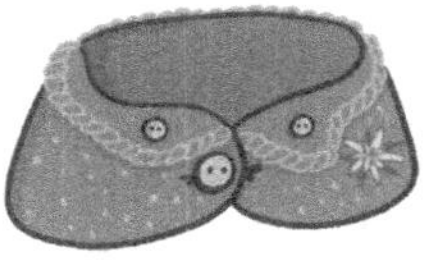

ein zünftiges bayrisches Jäckchen mit Hirschknöpfen (fürs Oktoberfest?)

mehrere T-Shirts, bedruckt mit Delfinen (für den Strandurlaub?)

ein weinrotes Samt-Outfit mit Spitze (für seine Konfirmation?)

eine Lederweste mit Fransen (für einen Ritt über die Prärie?)

Wow.

Wir haben ihm dann das karierte Jäckchen mit der Baskenmütze angezogen. Und dann haben Polly und ich Gusti die Treppe runtergetragen, Hannes hat das Wägelchen geschleppt und Nils unsere Rucksäcke. Wie Oma Krause das nur immer alleine schaffte? Kein Wunder, dass sie im Krankenhaus lag.

Erst haben wir Gusti nur die Straße auf und ab gefahren, aber das war voll langweilig. Da haben wir beschlossen, dass wir mit ihm in den Park gehen.

Ein großer Fehler …

13. Von Möpsen und Würmern

Erst mal ging alles gut. Damit meine ich, dass niemand gesehen hat, wie wir zu viert dieses blöde Wägelchen geschoben haben, in dem ein Mops im Schotten-Look saß. Wir sind im Park auch gleich auf einen Nebenweg abgebogen.

Aber dann kam der Viola-Posselbeck-Fanklub von links und drei Jungs aus unserer Parallelklasse kamen von rechts. Mann, warum müssen die alle ausgerechnet heute und jetzt und hier herumlaufen?

Zuerst ist Viola stehen geblieben und hat ganz empört gerufen: »Mann ey, seid ihr jetzt etwa auch noch Babysitter?«

»Nein, wir sind immer noch Tiersitter«, habe ich geantwortet und versucht, cool zu gucken. Aber da kamen sie alle schon näher.
»Was ist denn das?«, haben die Jungs aus der Parallelklasse gegrölt. »Was fahrt ihr denn da spazieren? Eine Bulldogge im Kleidchen? Haha, ich brech ab!«
»Das ist ein Mops«, hat Polly sie hoheitsvoll korrigiert, aber die Jungs haben vor Lachen gar nicht mehr zugehört.
Die Mädchen aus dem Fanklub fanden Gusti aber süß. Sie wollen ihn alle mal streicheln und anfassen und knuddeln. Da hat Viola ihn aus dem Wägelchen gehoben – dabei ist sie ein bisschen getaumelt, weil er so schwer war – und an sich gedrückt. »Meine Mama schenkt mir auch einen Hund«, hat sie behauptet. »Die kauft mir nämlich alles, was ich will. Bald fliegen wir auch zusammen in den Urlaub nach New York. Zum Shoppen.«
Der Fanklub hat beeindruckt gemurmelt, aber Gusti war New York voll egal. Er hat gezappelt wie verrückt.
Viola hat das nicht kapiert. »Seht ihr? Bei mir ist er am liebsten«, hat sie geprahlt.
»Setz ihn wieder rein«, hab ich verlangt.
»Wieso denn? Darf man nicht mal mit ihm schmusen?«

»Weil er runter will. Und weil wir ihn ausfahren sollen.«

»Das könnt ihr ja. Aber erst will ich ihn mal haben.« Viola hat Gusti noch fester an sich gepresst und da ist es passiert. Gusti hat den längsten und lautesten Pups der Welt losgelassen. »Iiiiih!«, hat Viola gekreischt und Gusti beinahe fallengelassen. Hannes konnte ihn gerade noch auffangen.

Die Jungs aus der Parallelklasse haben sich vor Lachen gekrümmt und die Mädchen aus dem Fanklub sind vor Lachen fast erstickt.

Mann ey. Kann man denn nicht mal in Ruhe seinen Job als Tiersitter machen? Soll sich Viola doch in New York ihren eigenen Mops kaufen. Obwohl New York natürlich auch toll wäre für unseren Urlaub. Ehrlich gesagt war ich fast ein bisschen neidisch auf Viola. Ich hab meiner Mama gleich eine Nachricht geschickt.

Mama – wie wäre es mit Urlaub in New York?
Das wäre doch toll, oder?

Dann haben wir das Wägelchen geschnappt und sind schnell abgehauen.
Wir haben eine Runde durch den Park gedreht (aber in die andere Richtung), Gusti Gassi gehen lassen und dann sind wir wieder zurück in die Wohnung.
Jemand musste nun bis zum Abend bei ihm bleiben, denn es gab ja noch ein paar Dinge zu tun.

- feines Fresserchen fürs Abendessen zubereiten (17 Uhr)
- Gusti das Abendessen geben (17.15 Uhr)
- schmusen
- Fernsehen gucken
- in sein Hundebettchen legen

Polly und ich, logisch. Und die anderen – also Nils und Hannes – konnten in der Zeit zurück zu Hugo, um ihn zu füttern.
Nils und Hannes haben das aber nicht so gesehen. Sie meinten, sie würden auch gern mit Gusti Fernsehen gucken und schmusen, und dass wir doch zu Grusel-Hugo und den Würmern gehen konnten.

»Stellt euch nicht so an. So ein paar popelige Würmer, was ist denn da schon dabei?«, hab ich gefragt.
»Ja genau, was ist denn da dabei?«, hat Nils geantwortet.
Manno.
Hannes hat vorgeschlagen, dass wir eine Münze werfen. Das machen er und Nils immer so, weil sie sich nie einigen können. Wer verliert, der muss zu Hugo und den Würmern.
Polly und ich haben gesagt, wir nehmen KOPF (also eigentlich diesen komischen Adler) und Nils hat gesagt, er und sein Bruder nehmen ZAHL.
Also hat Hannes einen Euro hochgeworfen und wir fanden, das war eine wirklich faire Lösung. Zumindest bis der Euro gelandet ist und wir gesehen haben, was nach oben zeigte, nämlich: ZAHL
Okay, dann gingen Polly und ich eben zurück zu Hugo. Wir würden das schon schaffen!
Außerdem hatte Mama mir inzwischen eine Nachricht hinterlassen.
»Hallo Frieda, hier ist Mama. Ich hab dich nicht ganz verstanden, aber meine Kollegen haben keine Krallentiere zu Hause. Und natürlich essen die Franzosen auch gern Spinat, aber doch keine Katzen! Wie kommst du denn bloß auf so etwas? Und ich freue mich auch schon auf unseren Urlaub! New York ist aber ein bisschen zu

weit weg, mein Schatz. Und Paris ist ganz schön anstrengend. Wie wäre es mit Wandern in Österreich?«

HM. Das brachte uns jetzt auch nicht weiter. Und Wandern in Österreich? Während Viola in Manhattan die Läden leerkauft und hinterher wochenlang damit angibt? Seufz.

Aber wenigstens bin ich eine Woche mit Mama zusammen. Nur wir beide. Das ist ja die Hauptsache.

Papa war immer noch nicht zu Hause; und so bin ich mit Polly erst mal zur Wohnung des Professors gegangen, um Gottfried zu versorgen.

Polly hat gesagt, sie freut sich schon, sie findet Goldfische nämlich niedlich. Hugo konnte noch ein bisschen warten.

Hey, Gottfried
Na, du Süßer!

Später sind Polly und ich dann zurück zur Wohnung von Monsieur Bordeaux gegangen. Zum Glück war Inga Waldmann nirgendwo zu sehen.
In der Wohnung war es immer noch ganz still. Zuerst sind wir in die Küche gegangen, um das Futter für Hugo zu holen. Im Kühlschrank standen gleich vorn zwei große Plastikdosen.

Ich hab mir sofort die Dose mit dem Gehackten gegriffen. Polly hat eine halbe Sekunde zu spät reagiert und musste deshalb die Dose mit den Würmern öffnen.
Es war kein schöner Anblick.

Dann haben wir vorsichtig die Tür zu Hugos Zimmer geöffnet. Abends rannte er ja angeblich immer herum, da konnten wir nicht wachsam genug sein.
Aber Hugo war immer noch nicht zu sehen!

Überhaupt sah alles fast unverändert aus. Nur die Apfelschnitze waren weg und der Spinat auch. Und jetzt hat es unter einem der Haufen wieder geraschelt.
»Was meinst du, sollen wir einfach mal die Decken hochheben und gucken, was da drunter ist?«, hat Polly geflüstert.
»Ich weiß nicht so recht.« Ich hab auf meiner Lippe herumgekaut. Aber irgendwas mussten wir tun, schließlich sollten wir uns ja um Hugo kümmern, und dazu mussten wir ihn sehen. Und anfassen. Bei diesem Gedanken ist mir ein kleiner Schauer über den Rücken gelaufen.
In diesem Moment hat der Stoffhaufen total gewackelt, sodass einige Fetzen heruntergeflogen sind. Polly ist dermaßen erschrocken, dass sie die Dose mit den Würmern hat fallen lassen. Die Dose ist auf den Boden geknallt, aufgegangen und alle Würmer sind rausgepurzelt.

Mensch, Polly!
Wir mussten die Würmer mit unseren EIGENEN BLOSSEN FINGERN wieder einsammeln. Sie haben sich angefühlt wie viel zu weich gekochte Nudeln. Polly hat gesagt, dass einzig Gute an der

Sache ist, dass uns niemand dabei beobachten kann, vor allem nicht ihre blöden Brüder. Und dass sie neidisch ist, weil Hannes und Nils inzwischen mit Gusti knuddeln und das Vorabendprogramm gucken dürfen.
Beim Würmer aufsammeln kam mir eine Idee: Vielleicht konnten wir Hugo ja damit herauslocken?
Ich habe also ein paar von den Würmern auf den kleinen Teller gelegt, der in Hugos Reich stand.
Jetzt hat sich unter dem Haufen etwas geregt. Polly und ich haben den Atem angehalten. Und dann kam auf einmal etwas heraus.
Es war ein winziges Bein. Noch kleiner als das von Puffel, meinem Zwergkaninchen. Mit Fuß dran. Und mit Mini-Krallen. Hä?
Es war das winzigste und süßeste Beinchen, das ich je in meinem Leben gesehen hatte! Und es hat ein bisschen gezittert. Vor Angst?

In dem Moment wurden uns ein paar Dinge klar:

- **Hugo ist ein kleines Tier.**
- **Hugo hat überhaupt keine langen, scharfen Krallen. Monsieur Bordeaux hat entweder einen Dachschaden oder irgendwas verwechselt.**
- **Hugo hat mehr Angst vor uns als wir vor ihm! Deshalb hat er sich nicht herausgetraut!**

»Oh Mann, der Arme!«, meinte Polly, als ich ihr das gesagt habe. »Wie können wir ihm denn klarmachen, dass wir ihm nichts Böses tun wollen?«
»Keine Ahnung. Aber ich glaube, solange wir hier stehen, kommt er nicht heraus. Dabei möchte er die Würmer bestimmt gern haben.«
»Wie sollen wir ihm denn dann die Füße sauber machen und ihn streicheln und so weiter?«
Das war eindeutig ein Problem. »Ich frag heute Abend meinen Papa«, hab ich versprochen.

Das hab ich auch gemacht – als Papa das Insektenhotel im Garten aufgestellt hat. Rudi ist aufgeregt um ihn herumgeflattert, und Papa hat ihn angemeckert, weil er die Hotelgäste vertreibt. Da war Rudi sauer.
Mann Rudi …
Beim Meckern ist Papa eine kleine Fliege in den offenen Mund geflogen und er hat sie beim Reden verschluckt. Iiieks. Da hab ich gedacht, dass es noch Schlimmeres gibt, als Würmer anzufassen. Papa hat es aber nicht mal gemerkt. Er hat nämlich schon wieder seine Brille gesucht und wurde immer gereizter. Erst hat er behaup-

tet, ich hätte sie versteckt, dann hat er gemeint, dass Rudi die Brille garantiert irgendwohin verschleppt hat, weil er blinkende Sachen so mag. Zum Schluss hat Papa sie gefunden. Sie hatte die ganze Zeit auf seinem Kopf geklemmt. Mann, Papa!
Ich hab ihm dann alles von Hugo erzählt – was er frisst, wie sein Zimmer aussieht, wie sein kleines Beinchen herauskam und dass er gar keine scharfen Krallen hat. Und gefragt, ob Papa weiß, was Hugo für ein Tier ist und wie wir ihn endlich mal zu Gesicht bekommen könnten.
Papa hat gelächelt und gesagt, er hat so eine Ahnung, was für ein Tier Hugo ist. Und dass wir ganz geduldig sein müssen und keinen Krach machen dürfen. Und dass wir uns am besten morgen Abend still in dem Zimmer hinsetzen und warten, bis Hugo rauskommt. Trotzdem hat er mir nicht verraten, was das für ein Tier sein könnte.
Mann, jetzt wollte ich Hugo aber endlich kennenlernen!

Kurz vorm Einschlafen kam noch eine Nachricht von Mama:

Oder was hältst du von Strandurlaub an der Nordsee?

Was ich davon halte? Super, Mama!

14. Endlich sehen wir Hugo

Am nächsten Tag sind wir alle aber erst mal wieder zu Gusti. Er ist vor Freude bald durchgedreht, als er uns gesehen hat, und ist aufgeregt zwei Meter hin und her gelaufen. SO SÜSS!

Danach war er völlig fertig und hat geschnauft wie eine alte Dampflok. Wir haben ihn also die Treppe runtergetragen, sind mit ihm Gassi gegangen, haben ihn wieder hochgetragen (ächz) und haben zugesehen, wie Gusti in rasendem Tempo seine Würstchen und sein Hackfleisch verschlungen hat. Hannes meinte, es wäre toll, wenn Gusti so schnell laufen könnte, wie er futtern kann.

Dann haben wir mit Gusti zusammen »Die Küchenschlacht« im Fernsehen geguckt. Das hat ihn total interessiert, weil es da dauernd ums Essen ging. Er wäre beinahe in den Fernseher hineingekrochen!
Die Show hat Gusti allerdings so fertig gemacht, dass er hinterher sofort eingeschlafen ist. Er hat ganz laut geschnarcht und sich im Traum die Lippen geleckt.

SO SÜSS!

Trotzdem tat er mir ein bisschen leid. Was für ein ödes Leben – immer nur fressen und Fernsehen gucken! Dabei war so schönes Wetter draußen!

Nachmittags sind wir dann noch mal mit ihm in den Park gegangen. Vielleicht bekam Gusti ja Lust, mehr als zwei Meter zu laufen, wenn er erst mal die ganzen anderen Tiere sah?
Wir haben Gusti auf einer großen Wiese rausgelassen, damit er dort ein paar Schmetterlinge fangen oder an Blumen schnuppern kann oder so. Er wollte aber nicht. Gusti wollte nur im Gras sitzen und sich ausruhen.

Da hat Polly gesagt, sie holt jetzt ein Eis, und Nils ist mit ihr mitgegangen. Hannes hat mir inzwischen gezeigt, wie man auf Grashalmen pfeifen kann. Das hat voll Spaß gemacht! Und dann hab ich mich umgedreht, um zu gucken, was Gusti macht, aber da ... war kein Mops mehr! Gusti war weg. Mitsamt seiner Leine!

Sind wir die unfähigsten Tiersitter der Welt?
Ich hab einen Riesenschreck bekommen. Gusti konnte ja kaum laufen, also war er nicht abgehauen wie die Katze Goldschnucki in unserem ersten Tiersitter-Job. Wenn Gusti nicht mehr da war, dann nur aus einem Grund: Jemand musste ihn geklaut haben! Gekidnappt!
»Hannes, wo ist Gusti hin?«, hab ich gepiepst.
Aber Hannes sah genauso erschrocken aus wie ich.
Wieso hatten wir das nicht gemerkt? Der Dieb musste

sich regelrecht an uns herangeschlichen haben. Schöne Tiersitter waren wir. Da hatten wir endlich mal die Chance, auf einen voll goldigen Hund aufzupassen, und ließen ihn uns klauen!
Hannes und ich sind aufgesprungen und haben angefangen, Gusti zu rufen. Vielleicht hörte er uns ja und würde um Hilfe bellen? Aber ehrlich gesagt hatte ich keine große Hoffnung.
In dem Moment kamen Nils und Polly zurück und wollten wissen, was los ist. Jetzt hätte ich beinahe geweint. (Aber wir waren ja Geschäftsfrauen, und die heulen nicht, und da hab ich mich zusammengerissen.) Polly und Nils waren auch ganz geschockt, und Nils hat gesagt, er rennt jetzt durch den Park und sucht den Verbrecher, der Gusti geklaut hat. Und dass wir mitsuchen sollen, jeder in einer anderen Richtung.

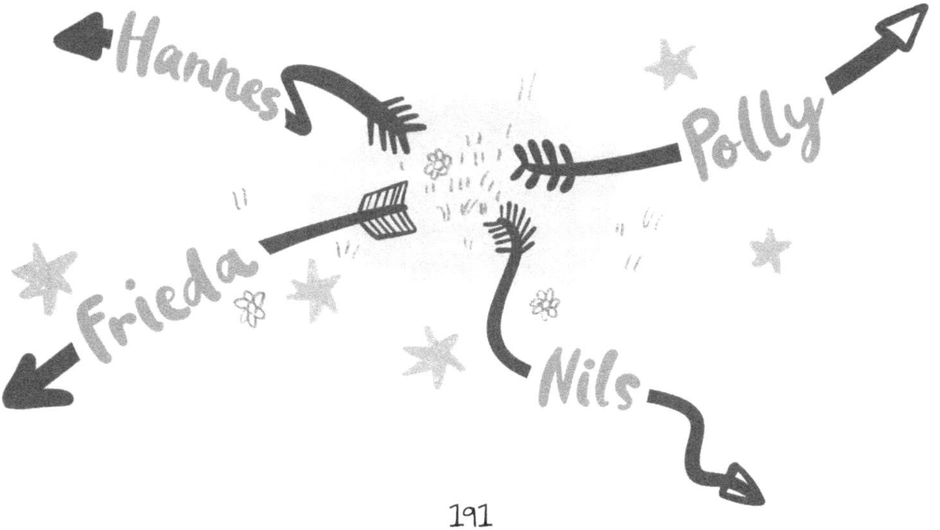

Gute Idee! Und wie gut erst, dass wir zu viert waren! Ich bin den Weg links von der Wiese entlanggelaufen. Da waren ein Haufen Leute und Kinder, aber kein Gusti! Aber es roch lecker. Nach Bratwurst und Pommes und so. Weiter vorn war nämlich eine Imbissbude.
»Gusti«, hab ich kläglich gerufen. »Kleiner süßer Gusti!«
UND IN DEM MOMENT HAB ICH ETWAS ENTDECKT!!!
Es lag auf einem kleinen Nebenweg. Im ersten Moment dachte ich, es ist ein karierter Rucksack. Aber dann hab ich kapiert, was es wirklich war. Nämlich … GUSTI!
»Hurra! Da bist du ja!«
Jetzt kam Hannes von der anderen Seite angerannt und hat Gusti ebenfalls entdeckt. Mann, waren wir froh! Er war gar nicht geklaut worden! Er war von alleine bis hierhergekommen. Was für eine wahnsinnige Leistung für so einen mopsigen Mops! Wir haben ihn geknuddelt und gedrückt, aber Gusti wollte

gar nicht geknuddelt werden. Er hatte nur ein Ziel: die halbe Bratwurst!

Hannes hat die Wurst nachdenklich betrachtet und gesagt: »Weißt du, was ich glaube?«

»Was denn?«

»Ich glaube, Gusti ist dem Geruch der Imbissbude gefolgt. Und dabei hat er alles gegeben. Er ist unter Umständen sogar gerannt. Also ein bisschen flotter getapst, meine ich. Und dann hat er auf einmal die halbe Bratwurst entdeckt und ist unter Einsatz seines Lebens zu ihr gekrochen!«

Da hatte Hannes bestimmt recht. »Weil …«, hab ich angefangen.

»… er so verfressen ist«, hat Hannes meinen Satz beendet. »Nur ist er leider kurz vorm Ziel zusammengebrochen.«

Wir mussten furchtbar lachen, auch wenn Gusti uns voll leidtat, denn er hatte es ja nicht mal zu der halben Bratwurst geschafft!

Wir haben ihn die olle Wurst natürlich nicht fressen lassen. Wer weiß, wer da schon daran herumgenagt hatte. Polly und Nils waren auch heilfroh, dass wir den süßesten Mops der Welt wiederhatten. Nils hat das Wägelchen sogar freiwillig nach Hause geschoben. Und als uns auf einmal die drei Blödis aus der Parallelklasse wieder über den Weg gelaufen sind und gelacht haben, da hat Nils ganz laut gerufen:

Es hat gewirkt! Die drei sind erschrocken abgehauen.
HAHA. ALS OB. Gusti hat nur verächtlich geschnauft.

Zu Hause bei Oma Krause haben wir ihm dann seine riesige Portion Essen hingestellt, aber genau da ist ein Wunder geschehen: Von der Aufregung im Park war

Gusti viel zu müde zum Essen. Nach drei Bissen ist er langsam zur Seite gerutscht und mitten auf dem Küchenfußboden eingeschlafen. Mitsamt seiner Baskenmütze auf dem Kopf!

Fernsehen und Zähneputzen ist dann auch ausgefallen. Auf das Zähneputzen waren wir sowieso nicht so scharf. Gusti auch nicht. Wir haben ihn in sein Bettchen gelegt und ihm versprochen, dass wir morgen früh ganz zeitig wiederkommen. Aber Gusti hat nur träge geblinzelt und sofort weitergepennt.
Und da hat Hannes auf einmal gesagt: »Leute, ich glaube, ich weiß, wie wir Gusti glücklich und ein bisschen sportlicher machen!« Er hat gesagt, er zeigt uns morgen ein geniales Spiel, das ihm dafür eingefallen ist. Super, Hannes!

Bevor wir gegangen sind, haben wir auch noch eine Nachricht an Oma Krause geschickt. Damit sie sich im Krankenhaus keine Sorgen macht.

> Liebe Oma Krause,
> Gusti geht es super. Heute hatte er einen tollen Ausflug in den Park mit vielen … äh … Erlebnissen. Er war der schickste Hund dort. Er ist so niedlich!
> Gute Besserung
> Ihre Fellfreunde

Jetzt aber war es Zeit für Hugo. Diesmal mussten wir nicht losen, denn Polly und ich wollten unbedingt zu ihm. Wir wollten ihn ja endlich mal sehen! Zu diesem Zweck würden wir still in der Ecke sitzen und warten, bis er herauskam. Notfalls die ganze Nacht.
Aber als Hannes und Nils von unserem Plan gehört haben, wollten sie auf einmal auch unbedingt zu Hugo.
NIX DA! Das war unser Plan, deshalb hab ich sie gleich abgeschmettert.
»Ihr seid viel zu laut. Oder Nils reißt genau in dem Moment, wo Hugo sich endlich heraustraut, einen blöden Witz. Polly und ich können viel besser still sitzen.«

»Ähm, Frieda?« Polly hat sich geräuspert. Dann hat sie die Stimme gesenkt. »Du klingst fast wie Viola.«

OH. Das wollte ich nun wirklich nicht.

»Okay«, hab ich nachgegeben. »Dann gehen wir eben alle. Aber ihr müsst leise sein, sonst traut er sich nicht raus! Und diesmal nehmen wir Rudi mit. Dem müssen wir nur verklickern, dass er still sein muss.«

In der Wohnung von Monsieur Bordeaux sind Polly und ich gleich zum Kühlschrank und haben voll lässig die Dose mit den Würmern rausgeholt. Außerdem habe ich noch eine Tüte Katzenfutter in der Ecke der Küche entdeckt. Da drauf stand HUGO. AHA! Ich glaube, DAS hatte Monsieur Bordeaux gemeint. Dass Hugo Katzenfutter mag, und nicht dass er Katzen frisst! Rudi hat interessiert geguckt. Wir haben ihn aber erst mal in der Küche gelassen, damit er Hugo nicht verschreckt.

»Hm, lecker-schmecker«, hab ich betont begeistert verkündet und drei Würmer auf den Teller in Hugos Zimmer gelegt.

Wie Hannes und Nils da geguckt haben, haha! Beinahe hätte ich mir noch aus Versehen

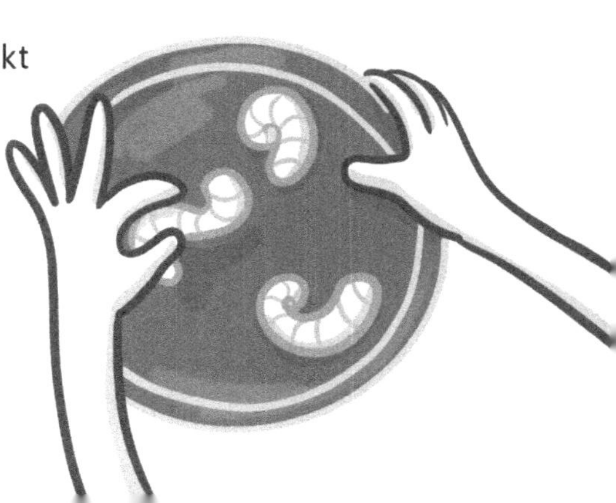

die Finger abgeleckt, aber zum Glück konnte Polly mich rechtzeitig bremsen. 

Dann hat Polly noch ein bisschen Gehacktes und Obst dazugelegt und wir haben neues Wasser für Hugo in den Trinknapf gefüllt. Zum Schluss haben wir sein Zimmer noch sauber gemacht und uns anschließend auf den Boden gesetzt und gewartet.

Fünf Minuten ... Zehn Minuten ... Fünfzehn Minuten ... Langsam wurde es dunkel draußen. Und dann, als wir schon kurz davor waren, entweder einzuschlafen oder uns Witze zu erzählen oder mit unseren Handys zu spielen oder hibbelig aufzuspringen, hat sich der Stoffhaufen bewegt!!!

Ein paar Papierfetzen und ein Stofftuch rutschten zur Seite und dann kam plötzlich wieder der kleine Fuß heraus.

Dann verschwand er wieder.

Dann kam ein anderes Füßchen.

Jetzt hob sich der ganze Haufen und eine kleine Nase guckte heraus. Eine ganz und gar süße Nase. Darüber saßen zwei kleine schwarze Knopfaugen.

Und dann kam endlich der ganze Hugo heraus.

Hugo, das unbekannte Tier mit den angeblich so scharfen Krallen war nichts anderes als ein total niedlicher kleiner …

15. Igel-Akrobatik und Quadrat-Wurst-Rennen

Hugo war ein Igel! Kaum größer als meine Hand und mit einem weißen Bäuchlein. Gerade mal ein Igelchen sozusagen. Er war so ziemlich das süßeste Tier, das wir je gesehen hatten! Warum um alles in der WELT hatte Monsieur Bordeaux nur von seinen Krallen geredet? Und warum bezeichnete er ihn als Weinbergschnecke?

Wir haben uns gar nicht getraut, uns zu bewegen. Ich hab ganz sanft »Hallo, Hugo« gesagt. »Wir sind deine neuen Freunde. Willst du ein Würmchen?«

Hugo hat kurz geschnuppert, dann ist er zu seinem Teller geschlendert und hat ratzfatz die Würmer verschlungen.

»Wie Nils bei McDonald's«, hat Hannes gemurmelt.
»Wie Hannes mit 'nem Döner«, hat Nils gemurmelt.
Hugo war total putzig anzusehen und wir haben ihm eine Weile lang zugeguckt. Dann fiel mir ein, dass ich ihn ja fotografieren und das Foto an Papa schicken könnte. Diesmal hat Papa sofort geantwortet.

Ach wie niedlich. Ein afrikanischer Weißbauchigel.

Hugo kam aus Afrika? Musste er es deshalb so warm haben?

Papa, können wir ihn anfassen? Und vor allem – wie?

Ihr müsst mit beiden (gewaschenen!) Händen unter Hugos Bauch greifen und ihn hochheben. Dann tut ihr euch nicht weh und ihm auch nicht. Und dann den Igelpopo abstützen und schön festhalten.

Okay, danke! Darf Rudi ihn kennenlernen?

Was meinst du, wie beleidigt Rudi ist, wenn er ihn NICHT kennenlernen darf?!

HAHA!!

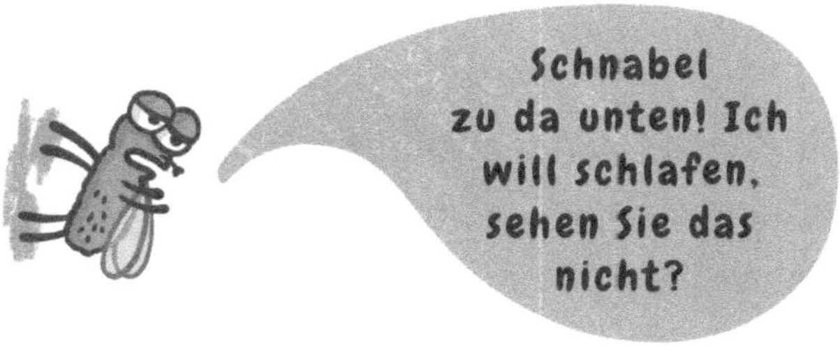

Ich bin langsam aufgestanden, um Hugo nicht zu erschrecken, und in die Küche gegangen, um Rudi zu holen. Der saß oben auf dem Kühlschrank und hat sich mit einer Fliege an der Wand über ihm unterhalten. Ich schwöre es!
Rudi ist auf meine Schulter gehopst und mit mir zurück in das Zimmer von Hugo gegangen. Hugo hat ihn komplett ignoriert, er hatte sich gerade zum Hackfleisch vorgearbeitet. Hannes hat ihn dabei gefilmt. Er hat gesagt, er will das auf YouTube stellen.
Hugo wird ein Internet-Star!

Jetzt ist Rudi durch die Luft geflattert und hat sich auf dem kleinen Zaun in Hugos Zimmer niedergelassen. Hugo hat aufgehört zu kauen und ihn angeguckt. Und dann hat Rudi was zu ihm gesagt. Hugo kam interessiert näher. Rudi hat wieder was gesagt und Hugo hat geantwortet. Glaube ich zumindest.

Und dann hat Rudi uns zugekrächzt:

»Hugo kriegt Stinker?«, hat Polly geraten.
»Hugo schiebt Blinker?«, hab ich geraten.
»Hugo liebt Rinder?«
»Hugo liebt Kinder?«
»Hugo liebt Kinder!« Na klar, das hat Rudi gesagt.

Hugo mochte uns.
Da ist uns auf einmal allen ganz warm ums Herz geworden!

Später habe ich Hugo vorsichtig hochgehoben, genau wie mein Papa es mir erklärt hatte. Und dann hab ich ihn auf meinen Schoß gesetzt und Hugo ist wie ein kleiner Akrobat auf mir herumgeklettert.

Jetzt wollten die anderen ihn auch alle mal haben, und so ist Hugo von einem zum anderen geklettert wie auf einer Tour durch die Schweizer Berge.

Bevor wir dann gehen mussten, haben wir noch einen etwas lästigen Punkt von der Liste von Monsieur Bordeaux erledigt.

Mache die Kacka weg.

Nicht unsere Lieblingsbeschäftigung. Aber echte Tiersitter kümmern sich eben um ALLES! Vielleicht konnten wir Hugo ja morgen die Füßchen waschen? Wir konnten es kaum erwarten!

Jetzt hatten wir zwei supersüße Tiere, um die wir uns kümmern durften. Drei, mit Goldfisch Gottfried, hat Polly gesagt. Auch wenn Gottfried etwas … äh … spannungsarm war.
Trotzdem. Unser Motto war schließlich:

Ob Goldfisch, Dackel oder Stier –
wir kümmern uns um jedes Tier!

Bei so vielen Tieren waren Polly und ich echt froh, dass wir Hannes und Nils mit als Tiersitter aufgenommen hatten. Gusti brauchte uns ja fast den ganzen Tag. Und mit Hugo wollten wir auch viel Zeit verbringen, denn wann konnten wir schon mal mit einem Igel spielen?
(Papa hat mir abends gesagt, dass man einen Igel aus dem Wald normalerweise nicht als Haustier halten kann, so einen afrikanischen Weißbauchigel aber schon. Der macht auch keinen Winterschlaf. Und wird ganz zahm!)

Am nächsten Tag sind wir deshalb schon vor 9 Uhr zur Wohnung von Oma Krause gelaufen, damit wir genug Zeit für unseren Lieblingsmops hatten.
Rudi haben wir auch wieder mitgenommen. Wenn Rudi sogar Igel verstehen konnte, dann einen Mops bestimmt erst recht. Außerdem freute Gusti sich ja vielleicht, wenn er endlich mal einen kleinen Freund hatte?

Gusti hat schon ungeduldig auf uns gewartet. Als wir kamen, hat er vor Glück so sehr mit dem Schwanz gewedelt, dass er beinahe wieder umgekippt wäre, aber diesmal haben wir ihn festgehalten. Doch als wir ihm sein

RIESIGES Frühstück geben wollen (Gehacktes, Wiener Würstchen, Leckerli und Leber, WÜRG), hat Hannes gesagt: »Nee, wartet mal. Wir machen das heute anders. Wir geben ihm erst mal nichts und nehmen die Würstchen und Leckerli mit in den Park. Für das Spiel.«

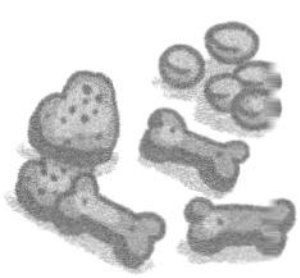

Gusti war natürlich verwirrt und eingeschnappt, weil er nicht wie sonst sein Frühstück bekommen hat. Aber dann haben wir ihm seinen Matrosenanzug angezogen und sind wieder los. Heute waren ganz viele andere Hunde im Park und Gusti hat total neidisch zugeguckt, wie sie wieselflink über die Wiese gerast sind und herumgetollt haben. Er selber ist ein paar Schritte gewat-

schelt und hat sich dann erschöpft fallen lassen. Rudi hat sich neben ihm niedergelassen und ein Schwätzchen mit ihm gehalten.
Dann hat Rudi gekrächzt:

»Krusti möchte Laub trennen?«, hat Polly geraten.
»Krusti möchte Kraut brennen?«, hab ich geraten.
»Gusti möchte auch pennen?«
»Gusti möchte auch rennen?«
»Gusti möchte auch rennen!« Na klar, das hat Rudi gesagt!

Aber dafür war Gusti ja nicht fit genug! Armer kleiner Mops. Er tat mir so leid.
Doch jetzt kam ja Hannes mit seinem tollen Plan. Er hat gesagt: »Leute, hier kommt die Idee. Wir spielen mit Gusti Quadrat-Wurst-Rennen.«

Hä?

Da hat er es uns erklärt:

Wie man Quadrat-Wurst-Rennen spielt:

Wir vier Kinder bilden ein Quadrat. Jeder hat eine halbe Wienerwurst von Gustis Frühstück, die er in kleine Stückchen zerteilt. Jetzt ruft das erste Kind Gusti und lockt ihn mit dem Wurststückchen. Gusti rennt / watschelt wie ein Blöder los, weil er so verfressen ist. Bei dem Kind angekommen bekommt er zur Belohnung ein winziges Stück. Nun ruft ihn das zweite Kind, dann das dritte und so weiter.

Warum man es spielt:

Auf diese Weise rennt Gusti mehrere Runden im Quadrat und macht ein bisschen Sport. Ist doch viel besser, als wenn man ihm die Wiener Würstchen einfach so gibt. Macht auch viel mehr Spaß!

Gusti stand erst mal nur verwirrt da, aber sobald er das Stück Wurst in meiner Hand gesehen hat, ist er todesmutig auf mich zugestürzt. Dann hat er die Wurst VERSCHLUNGEN. Das war wie ein Festmahl für ihn, nachdem er ja heute Morgen unfreiwillig hatte fasten müssen.

Als Nächstes hat Polly ihn mit einem Wurststück gelockt, dann Hannes, dann Nils. Jetzt konnte Gusti nichts mehr bremsen. Er hatte ganz vergessen, dass er eigentlich erschöpft war. Er ist voller Aufregung von einem zum anderen gelaufen, um sein Wurststückchen abzuholen. Inzwischen hatten sich schon ein paar Leute um uns versammelt, die alle zugeguckt und Gusti angefeuert haben.
Viola Posselbeck und ihre Freundinnen haben auch in der Nähe herumgelungert und so getan, als ob sie nicht zu uns hingucken. Aber sie haben natürlich doch zu uns hingeguckt, weil Gusti einfach so wahnsinnig süß war. Viola hatte sowieso total miese Laune. Sie fliegt nämlich doch nicht nach New York, irgendwas ist dazwischengekommen. Jetzt soll sie in den nächsten Wochen bei

ihrem Papa bleiben. (Ihre Eltern sind auch geschieden, genau wie meine.) Und der kauft ihr offenbar nicht alles, was sie will, denn Viola hatte immer noch keinen Hund.

Hihi.

Nach dem Spiel mussten wir erst mal eine Pause machen, damit Gusti uns nicht zusammenbrach. Aber er sah total glücklich aus!
Da haben wir ein Foto von ihm gemacht und an Oma Krause geschickt.

Hannes hat gesagt: »Und ab morgen machen wir den Abstand zwischen uns vieren jeden Tag ein bisschen größer!«

Genial! Auf diese Weise läuft Gusti täglich ein bisschen mehr! Mann, er wird wirklich noch zum Marathon-Mops!

16. Heuschrecken, Schlangen und noch mal Heuschrecken

Am Nachmittag war ich dann wieder alleine bei Gottfried.

Für später hatten wir uns alle im Park verabredet, damit wir unsere ganzen Tiersitterpflichten in Ruhe besprechen konnten.
Als ich gerade mit Polly am Parkeingang ankam, hat mein Handy geklingelt. War das jetzt etwa noch ein neuer Job? Ehrlich gesagt hatten wir gar keine Zeit mehr. Was, wenn jetzt jemand wollte, dass wir auf sieben Katzen aufpassten? Oder auf acht Hamster? Oder auf zehn Ponys?
Okay, für zehn Ponys hätten wir IMMER Zeit.
Es war eine ganz lange Telefonnummer. Aus dem Ausland, hat Hannes sofort gesagt. Aus Frankreich. Vielleicht meine Mama? Vielleicht hatte sie ein tolles Hotel oder Ferienhaus an der Nordsee gebucht?
»Hallo?«, hab ich mich gemeldet.
Erst mal hat man gar nichts gehört. Dann ein Pfeifen und Piepen wie aus weiter Ferne. Dann hat jemand gebrüllt:

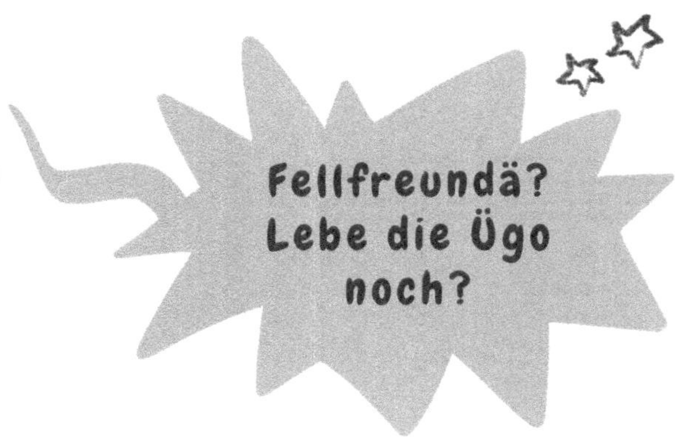

Es war Monsieur Bordeaux.

»Ja, natürlich lebt Hugo noch!«, hab ich zurückgerufen. »Alles prima. Er ist ein total süßer Igel!«

»Eine was?«

»Ein süßer Igel!« Jetzt hab ich so laut gebrüllt, dass man mich garantiert auch so bis nach Frankreich gehört hat. Die Verbindung war irgendwie total mies.

»Igäl? Ah! Erisson!« Monsieur Bordeaux hat begeistert gelacht. Erisson hatte er wieder gesagt. Was hieß das nur?

»Waschen Sie die Ügo?«, wollte er wissen.

»Heute«, hab ich geschrien. Ein älteres Ehepaar, das uns auf dem Weg entgegenkam, ist sofort eingeschüchtert zur Seite gesprungen.

»Gut, gut!« Monsieur Bordeaux klang zufrieden. Dann fiel ihm noch etwas ein. »Geben Sie auch die Heuschreckä?«, wollte er wissen.

»Ähm …«

Was sollte ich jetzt antworten? Heuschrecken hatten wir Hugo noch nicht gegeben. Wie auch? Wir hatten ja keine. »Noch nicht«, hab ich gestammelt.
»Mache heute, okay?« Monsieur Bordeaux klang eindringlich. »Ügo liebe die Heuschreckä!«
»Okay. Machen wir.«
»Gut, gut. Au revoir! Küsse die Ügo von mir! Isch kommä übermorgä wieder!« Monsieur Bordeaux hat ein schmatzendes Geräusch von sich gegeben, dann war die Verbindung weg.
»Das war Monsieur Bordeaux. Wir sollen Hugo unbedingt Heuschrecken geben«, hab ich Polly informiert.
»Igitt.« Sie sah wenig begeistert aus. »Wo sollen wir die denn hernehmen?«
»Vielleicht hier aus dem Park?«
Polly und ich haben einen Blick gewechselt. Heuschrecken fangen? Wie sahen die überhaupt aus? Und was, wenn uns unsere Feinde (=Viola Posselbeck & Co.) dabei beobachteten? Aber wenn wir Hugo damit glücklich machten …

Auf der Wiese, auf der wir neulich schon mit Gusti gespielt hatten, haben wir Hannes und Nils getroffen. Wir sind dann alle gemeinsam auf dem Bauch durchs Gras gekrochen und haben nach Heuschrecken gesucht. Da waren aber keine. Da war nur das hier:

Was alles auf der Wiese zu finden war:

- zwei Zigarettenkippen WÜRG
- drei Marienkäfer (für Papa mitnehmen?)
- massenhaft Gänseblümchen und Löwenzahn
- Kleeblätter (alle nur dreiblättrig, schade)
- ein knubbeliger Kaugummiklumpen
- ein klebriges Bonbon
- eine Wespe (wegen des Bonbons?)
- ein Regenwurm
- jede Menge Ameisen

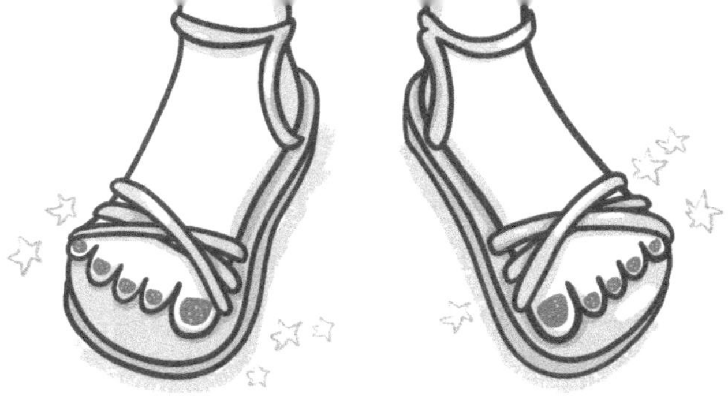

»Habt ihr was verloren?« Vor uns standen auf einmal ein Paar Füße mit lila lackierten Zehennägeln und in silbernen Sandalen. Viola Posselbeck. Und hinter ihr mindestens zehn Fanklub-Mitglieder. Alle ebenfalls mit lila Zehennägeln.

»Nö«, hab ich gemurmelt.

»Warum kriecht ihr denn dann auf der Wiese herum?«

»Ist doch egal.«

»Aber irgendwas sucht ihr doch.« Viola und ihre Freundinnen ließen sich nicht so einfach abschütteln. Ganz im Gegenteil. Jetzt rückten sie uns erst recht auf die Pelle.

»Wir suchen Spinnen«, hat Nils behauptet. »So richtig fette, eklige, giftige. Ach, da ist ja eine!«

Das hat gewirkt. Mit einem erschrockenen Kieksen sind alle aus dem Fanklub ein Stück zurückgewichen. Alle außer Inga Waldmann.

»Wozu braucht ihr die denn?«, wollte sie wissen. »Für euer Tiersitter-Zeugs? Etwa für die Riesenschlange von diesem Monsieur Dingsbums?«

Ein Raunen ging durch den Fanklub.

»Genau«, hat Polly gesagt. »Für Schlangi. Die ruht sich da hinten im Gras aus. Passt auf, dass ihr nicht auf sie drauftretet, da wird sie ungemütlich. Aber die ist ja so riesig, ihr werdet sie schon nicht übersehen.«
Jetzt brach ein Tumult los. Der Fanklub ist kreischend auseinandergestoben, als ob die angebliche Riesenschlange hinter ihnen her wäre. HAHA.
Herzlichen Dank, Inga! Durch das Getrampel der vielen Füße waren jetzt alle Insekten auf der Wiese durcheinandergewirbelt worden und deswegen habe ich etwas im Gras entdeckt. Eine Heuschrecke? Ich hab das Tier auf jeden Fall in ein Taschentuch gewickelt und in meinem Rucksack verstaut. Hugo würde sich bestimmt über diesen Sonntagsbraten freuen!

Aber erst mal bin ich noch zu mir nach Hause gegangen, damit Papa mein Insekt ansehen konnte. Wir wollten Hugo ja nichts Falsches oder Giftiges geben. Polly ist mitgekommen. Bei ihr sollte heute Abend nämlich die Geburtstagsparty von ihrem großen Bruder abgehen und Polly hat gesagt, sie legt sich lieber freiwillig meine Heuschrecke aufs Brot, als dass sie zusieht, wie ihr Bruder mit den anderen Luschen aus seiner Klasse im Partykeller eine Polonaise bildet und um die Wette rülpst.

Papa hat sich gleich interessiert mein Insekt angeguckt. Er meinte allerdings, das wäre eine Grille. Woher soll ich das denn wissen? Und dass die Grille wahrscheinlich sofort abhauen wird, sobald sie Hugo erblickt. Kann man ja irgendwo verstehen. Und dass Hugo vielleicht sogar Angst vor der lebenden Grille haben könnte. Manche Igel haben nämlich Angst vor lebenden Insekten.
Die haben Angst vor ihrem eigenen Essen??? Wieso denn das?
Papa meinte dann, dass man die Heuschrecken doch auch im Tierladen kaufen kann. Die sind dort im Kühlregal. Ach so. Und dass wir mal gucken sollen, ob Monsieur Bordeaux vielleicht sogar welche im Kühlschrank hat. Neben der Butter und dem Joghurt? WÜRG.

Für alle Fälle hat Papa uns ein paar Mehlwürmer für Hugo geschenkt. Als Snack. Die Mehlwürmer waren voll fett und glibberig und noch tausendmal schrecklicher als die Würmer, die Monsieur Bordeaux für Hugo hatte. Papa hat gesagt, so ein Mehlwurm ist wie Schokolade für einen Igel. Er darf nicht zu viele davon essen.

Wir haben Papa dann im Tausch dafür die Grille geschenkt und er hat sie vor sein Insektenhotel gesetzt.

Dann haben Polly und ich noch ein bisschen bei unseren Nachbarn mit den Zwergkaninchen-babys gespielt.

Unsere beiden – Puffel und Fluffel – waren jetzt schon richtig große Kaninchenkinder, aber immer noch so weich wie kleine Samtbällchen.

Außerdem habe ich meiner Mama eine Nachricht geschickt. Die konnte ja Französisch.

Mama – was heißt ERISSON? Monsieur Bordeaux nennt seinen Igel immer so und wir kapieren das nicht!

Mama hat gleich geantwortet. Mama antwortet immer gleich.

Ah, das heißt bestimmt hérisson! Das ist das französische Wort für Igel. Das h wird nicht gesprochen, deshalb.

Ach so! Endlich haben wir das kapiert! Von einer Weinbergschnecke war also nie die Rede!

Danke, Mama. Wann genau kommst du wieder?

Übermorgen. Und dann geht es in den Urlaub!

Juhu! Ich freue mich schon so auf das Meer!

Du, an der Nordsee ist es im Moment kalt und regnerisch, das ist nicht so prickelnd. Lass uns campen, irgendwo, wo es warm ist, okay? Das wird auch toll!

Keine Nordsee? Schade. Na gut, bei Nieselregen ist Strandurlaub wirklich Mist. Dann ist Camping an einem warmen Ort (Italien oder so!) viel besser, das wollte ich schon immer mal machen. Im Zelt schlafen und dann am Lagerfeuer Gruselgeschichten erzählen, juhu! Und Mama und ich die ganze Zeit zusammen, ohne dass Mamas blöde Arbeit dauernd dazwischenfunkt!

Aber jetzt mussten Polly und ich endlich zu Hugo, denn heute war er bestimmt noch zutraulicher. Die Mehlwürmer haben wir mitgenommen. Polly durfte sie tragen. Die Glückliche. HAHA.

In der Küche von Monsieur Bordeaux haben wir als Allererstes in den Kühlschrank geguckt. Tatsache – da war noch eine Dose. Die hatten wir neulich total übersehen. Ich hab die Dose mit spitzen Fingern gegriffen und beschlossen, gar nicht erst reinzugucken. Wenigstens lebten die Dinger nicht mehr.

Heute kam Hugo schon nach drei Minuten aus seinem Häuschen und hat uns erwartungsvoll angeguckt. Er sah soooo rund und niedlich aus! Ich hatte gar nicht gewusst, wie süß Igel waren.

Aber dann haben Hannes und Nils sich gestritten, wer ihn zuerst halten darf, und da hat Hugo sich auf einmal zu einer Kugel zusammengerollt. Hugo hatte Angst, weil die so einen Krach gemacht haben! Schließlich hat Nils sich bereit erklärt, einen fetten Mehlwurm mit bloßen Fingern anzufassen, um ihn Hugo zu schenken. Iiiieh …

Mann, wie Hugo sich da gefreut hat!

Nils hat auch die Dose mit den Heuschrecken aufgemacht und in Hugos Zuhause gestellt und dann haben wir wieder ein bisschen mit Hugo gespielt. Er ist wie ein Verrückter in seinem Laufrad herumgerast und wir haben ihn dafür gelobt.
Aber dann, gerade als Polly sich über Hugos Trinknapf gebeugt hat, um ihm etwas frisches Wasser zu geben, ist etwas ganz Erstaunliches passiert:

Eine Heuschrecke ist aus der Dose gesprungen. Genau auf Pollys Kopf!
Polly stand wie versteinert da und hat gepiept: »Frieda? Was ist da eben auf meinen Haaren gelandet? Frieda?«
»Eine Heuschrecke«, hat Hannes sie informiert.
Polly hat den Mund aufgemacht, um irgendwas zu antworten, aber in dem Moment sind plötzlich alle anderen Heuschrecken aus der Dose gesprungen und ebenfalls auf Polly gelandet. Meine arme Freundin!

OH NEIN!

Die haben alle noch gelebt! Wieso haben die alle noch gelebt?
(Papa hat mir später erklärt, dass die Heuschrecken nur unterkühlt und langsam waren, weil sie ja im Kühlschrank gesessen haben. In dem Moment, wo sie warm wurden, sind auch ihre Lebensgeister wiedererwacht.)
Polly hat sich geschüttelt, damit die Heuschrecken abschwirren, und ist rausgerannt. Hannes und Nils und ich haben versucht, die Biester wieder einzufangen, aber das war total schwierig.
Hugo hat uns dabei geholfen. Und damit meine ich … äh … Er hat sie gefressen. **WÜRG**

Von der wilden Heuschreckenjagd durch sein Reich hatte Hugo jetzt echt dreckige Füße und deshalb haben wir eine Schüssel mit einem kleinen bisschen Wasser gefüllt und Hugo da reingesetzt. Hugo ist darin herumgeplanscht. So niedlich!

Papa hat gesagt, normalerweise nehmen Igel ein SANDBAD. Das heißt, sie wälzen sich im Sand herum und werden dadurch sauber. Interessant. Als ich den anderen davon erzählt habe, waren Hannes und Nils total begeistert. Sie haben sofort gesagt, dass sie das ab jetzt auch immer so machen wollen.

Nachdem wir alles sauber gemacht hatten, sind wir gegangen. Aber kaum dass wir aus der Wohnungstür heraus waren, kam Inga Waldmann wie ein Schatten um die Ecke gehuscht.
»Was macht ihr eigentlich jeden Tag so lange da drin?«, wollte sie wissen. »Ihr passt auf eine Schlage auf, oder? Wie groß ist die?« Ingas Augen haben vor rasender Neugier geglitzert.
»Hier ist keine Schlange«, hab ich gesagt.
»Was denn dann?« Inga kam immer näher. »Dieser Monsieur Dingenskirchen hat nämlich immer so exotische Tiere. Ich wette, der hält sich was Verbotenes in seiner Wohnung, stimmt's? Schlangen. Oder Affen? Löwenbabys?« Inga stand jetzt genau vor Polly. Plötzlich hat sie gestutzt: »Was hast du denn da für eine komische Haarspange?«
Aber noch ehe Polly irgendwas antworten konnte, sprang eine vergessene Heuschrecke aus Pollys Haaren und landete genau auf Ingas Nase.
Meine Güte! Als Tiersitter wäre Inga wirklich völlig ungeeignet. Aber wenigstens löchert sie uns jetzt nicht mehr mit blöden Fragen.

Iiiiiiiiiiiihhh!

17. Tolle Neuigkeiten und schlechte Neuigkeiten

Am nächsten Morgen, als ich Polly gerade abholen wollte, hat uns Neles Oma geantwortet:

> Liebe Kinder,
> ich bin froh, dass ihr so fein auf meinen Gusti aufpasst. Auf dem Foto sieht er sehr glücklich aus! Achtet bitte darauf, dass er sich nicht zu sehr anstrengt. Ab heute soll es warm werden. Da kann er ein hübsches Delfin-T-Shirt tragen.
> Eure Oma Krause

»Öhm«, hat Polly gesagt. »Was genau meint sie mit nicht zu sehr anstrengen?«
»Ich glaube, alles, außer in seinem Wägelchen sitzen«, hab ich geantwortet. Und genau das war das Problem. Wie sollte Gusti denn jemals sportlicher werden, wenn er immer nur in einem Wägelchen herumgefahren

wurde? Und wie sollten wir das Oma Krause begreiflich machen?

Dann bin ich zur Seite getreten, weil Pollys Bruder mit einer Kiste voller Scherben aus der Haustür trat. Bei genauerem Hinsehen waren es Scherben von einem Gartenzwerg.

»Meine Brüder haben gestern bei der Party Zwergen-Bowling im Garten gespielt«, hat mir Polly zugeraunt. »Meine Mama ist voll sauer.«

»Wie spielt man das?«, wollte ich wissen.

»Na, wie normales Bowling. Nur halt mit Gartenzwergen anstatt mit Kegeln. Siebzehn Stück sind kaputtgegangen.«

»Wow.« Das klang beeindruckend.

Wir haben Pollys Brüdern dabei zugesehen, wie sie zur Strafe den Garten sauber machen mussten. Polly hat ganz laut kommentiert, dass das ein sehr schöner Anblick ist, den sie ihr Leben lang nicht vergessen wird. Pollys ältester Bruder hat geantwortet, wenn sie nicht die Klappe hält, spielen sie gleich »Kleine-Schwester-Bowling« mit ihr.
Da hat Polly ihn darauf aufmerksam gemacht, dass sein Müllsack hinten ein Loch hat, aus dem alles rausfällt, und dass er wohl leider noch mal von vorn mit dem Aufräumen anfangen muss.
Pollys Bruder ist krebsrot im Gesicht geworden und wir sind lieber abgehauen. Wir mussten sowieso zu Gottfried und danach zu Gusti.

Ich glaube, Gottfried kann mich nicht leiden.

Hannes und Nils haben schon vorm Haus von Oma Krause auf uns gewartet und dann sind wir alle hoch zu Gusti. Mann, wie der sich wieder gefreut hat, uns zu sehen. Heute kam er uns schon entgegengerannt – und damit meine ich wirklich gerannt –, so schnell ihn seine kleinen Wurstbeine tragen konnten. Apropos Wurst – die haben wir wieder eingesteckt, genau wie die Leckerli. Gusti hat auch nicht noch mal einen Sitzstreik vor dem Kühlschrank eingelegt, sondern ist gleich zur Tür gelaufen und hat gebellt.
Gusti wollte von sich aus raus in den Park zum Spielen!

Juhu!

Vorher haben wir ihm aber noch das T-Shirt mit den Delfinen angezogen. Es saß gar nicht mehr so eng, sondern locker und lässig.
Wir haben ihn in sein Wägelchen gesetzt, um ihn zum Park zu fahren, aber die letzten hundert Meter wurde er ganz quengelig und wollte unbedingt selber laufen.

Im Park auf der Wiese haben wir uns dann weiter auseinandergestellt und Gusti ist wieder von einem zum anderen gerannt. Er hat es trotzdem geschafft, obwohl er heute weiter zu laufen hatte!

Es kam mir auch so vor, als ob er schon ein bisschen schneller war als neulich. Er hat auch nicht mehr ganz so geschnauft.
Ich glaube, Gusti hatte ein bisschen abgenommen!

Es wurde echt immer wärmer, und wir haben überlegt, ob wir am nächsten Tag mit Gusti zum See gehen sollten. Vielleicht konnte er dort ja durchs Wasser laufen? Das machen Erwachsene doch immer im Schwimmbad, weil das irgendwie gut zum Abnehmen ist?
Wir haben aber gedacht, dass wir Oma Krause lieber um Erlaubnis fragen, und deshalb überlegt, was wir schreiben könnten.

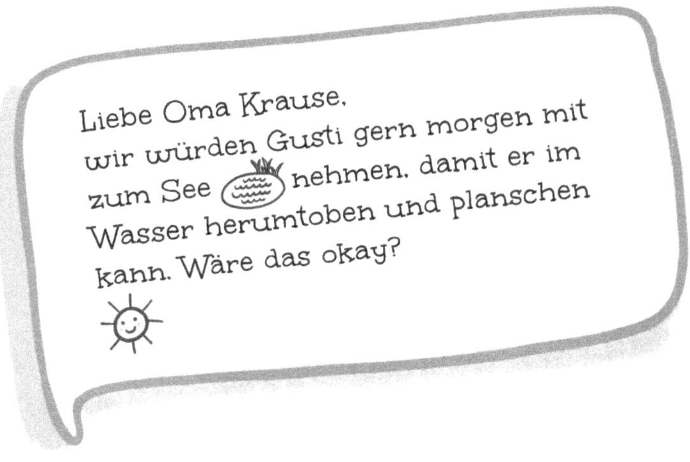

Aber vielleicht würde Oma Krause ja denken, dass das zu anstrengend für Gusti war? HM.

Liebe Oma Krause,
wir würden Gusti gern morgen mit zum See nehmen, damit er dort entspannt mit seinen Füßen im Wasser stehen und relaxen kann. zzZZ
Wäre das okay?

PS: im Schatten
PPS: in seinem herzallerliebsten Sommerjäckchen
PPPS: und mit genug Leckerlis und einem Sonnenhut!

Das klang besser. Da konnte Oma Krause nicht Nein sagen.

An diesem Abend war Gusti dann viel zu müde, um seinen ganzen Berg von Futter zu vertilgen. Zum Glück war er auch zu müde, um sich gegen das Zähneputzen zu wehren. Seine Zahncreme hatte nämlich die Geschmacksrichtung Hühnerleber. WÜRG

Polly hat das mit dem Zähneputzen gemacht. Sie hat gesagt, sie macht das gern, denn es hat sie auf eine Idee gebracht, wie sie sich an ihren Brüdern rächen kann. Sie legt ihnen eine Tube Hühnerleber-Zahncreme ins Bad. Die sind morgens so verschlafen, dass sie das gar nicht mitkriegen. Sie merken es erst, wenn sie das Zeug schon im Mund haben. HAHA!

In dem Moment kam schon die Antwort von Oma Krause. Polly war schwer beeindruckt. Ihre eigene Oma verwechselt nämlich dauernd ihr Handy mit der Fernbedienung vom Fernseher und wundert sich dann, dass keiner antwortet.

Liebe Kinder,
gern könnt ihr mit Gusti am See spielen. Aber Vorsicht, dass er sich nicht im Wasser erkältet.  Und er kann NICHT schwimmen!
Seine Schwimmweste liegt bei den Sommersachen. Sie ist gelb, damit man ihn immer gut sieht!
Liebe Grüße,
Oma Krause

Super! Das waren tolle Neuigkeiten, dann konnten wir ja morgen baden gehen!

Am Abend sind wir dann wieder alle zu Hugo, um noch ein bisschen mit ihm zu spielen und ihm sein Lieblingsessen zu geben. Heuschrecken. Mjam, mjam!
Hannes und Nils haben im Zooladen noch welche gekauft. Nils hat gesagt, so ein paar Heuschrecken kann man immer gut gebrauchen, wenn das Schuljahr wieder anfängt. Und dass Heuschrecken das Geilste seit der Erfindung von Spinnen sind. Und dass er noch nie so was Schönes gesehen hat wie Ingas Gesicht, als die Heuschrecke dort gelandet ist.

Hugo war heute schon in seinem Laufrad und hat uns lässig wie alte Bekannte gegrüßt. So niedlich!

Was man mit einem Igel alles machen kann:

- Man kann leckere Snacks (Mehlwürmer & Co.) unter Blättern und Baumrinde verstecken. Das ist wie Ostereiersuchen für Igel!

- Man kann den Igel dabei beobachten, wie er putzig durch das Zimmer huscht oder wie ein Athlet in seinem Laufrad herumrast.

- Man kann ihm Wühlkisten bauen, mit Blättern und Steinen und Insekten drin.

- Man kann Kartons, Schals, Schuhe, Tücher und Decken im Zimmer verteilen, damit der Igel alles erkunden und darin herumschnüffeln kann.

- Man kann ihm Bällchen und kleine Stofftiere, Socken oder Kauknochen für Hunde zum Spielen und Schnüffeln geben.

- Man kann ihn vorsichtig hochheben und halten und mit ihm reden, damit er zutraulich wird. Das ist das Schönste!!!

Wir konnten es gar nicht glauben, dass heute unser letzter Abend mit Hugo war, denn morgen kam Monsieur Bordeaux ja schon wieder. Nils hat gesagt, er freut sich aber trotzdem, denn dann gibt es ja **Fette Kohle**. Und außerdem haben wir ja immer noch Gusti für ein paar Tage.

Später am Abend hat Mama mich angerufen, weil wir ja zusammen campen wollten. **Juhu!** Sie hat gesagt, weil es jetzt hier so heiß geworden ist, müssen wir gar nicht weit weg. Wir fahren einfach an den Muggelwitzer See bei uns in der Nähe, denn da hat ein Bekannter von ihr einen Wohnwagen, den wir benutzen können. **Doppel-Juhu!** Mama und ich werden baden und wandern und Rad fahren und Lagerfeuer machen und Federball spielen! Und total viel Zeit zusammen haben! Und dann hat Mama auf einmal noch angekündigt, dass sie eine Urlaubsüberraschung für mich hat. **OH!** Papa stand hinter mir und hat dazwischengerufen, dass ich ihm ein paar Frösche vom Muggelwitzer See mitbringen soll. Weil er doch jetzt untersucht, wie Frösche miteinander reden. Frösche rufen sich nämlich total laut ihre Nachrichten zu. Besonders, wenn sie eine Froschfrau anlocken wollen.

Ich hab gesagt: »Okay, mach ich. Wenn sie nicht so glitschig sind.«
Jetzt hat Mama ein bisschen verlegen gehustet und gesagt, die Überraschung heißt Jochen. Der kommt nämlich mit zum Camping.

WAS? WER IST JOCHEN???

Mama hat gesagt, Jochen ist ihr neuer Freund und supernett und dass ich ihn bestimmt total mögen werde. Und außerdem bringt er seine Tochter mit, die heißt Villy und ist genauso alt wie ich und auch super-nett. Ist das nicht supertoll?
Na prima. Jetzt war ich echt sauer. Was bitteschön ist daran toll? Ich wollte doch Mama endlich mal alleine für mich haben!!! Jochen, der olle Knochen, kann doch mit seiner komischen Villy alleine in den Urlaub fahren!

Aber Mama hat stur behauptet, dass das ein ganz, ganz toller Urlaub wird und wir alle ganz, ganz viel Spaß haben werden. **HAHA-DOPPEL-HA!** Da blieb mir nur noch eins übrig:

To-do-Liste

Unbedingt noch mehr Heuschrecken besorgen!
Und Mehlwürmer!
Und Spinnen!
Eventuell Monsieur Bordeaux nach seiner Schlange fragen? Eventuell Schlange ausborgen?

Mit ein paar neckischen Spinnchen und Insektchen und Mehlwürmchen im Schlafsack wird das nämlich ein ganz, ganz supertoller Urlaub für diese Villy und ihren Vater. **HA!**

18. Gusti, das Wasserwunder!

Gut, dass wir mit Gusti zum See gehen durften, denn es war bullig heiß. In Oma Krauses Wohnung unter dem Dach herrschte eine Hitze wie in einem Backofen und der arme Gusti lag wie ein erschlaffter Mehlsack auf der Couch. Seinen kleinen Ringelschwanz hat er nur dreimal träge hin und her gewedelt, danach war er total erschöpft. Er wollte nicht mal aufstehen. Aber zum Glück hatten wir Rudi dabei, der hat mit ihm geredet.

Dann hat Rudi gekrächzt:

»Schnucki kriegt Laken?«, hat Polly geraten.
»Schnucki schiebt Schnaken?«, hab ich geraten.
»Gusti liebt Fladen?«
»Gusti liebt baden?«
»Gusti liebt baden!« Na, klar, das hat Rudi uns gesagt!

Gusti wollte also gern schwimmen! Nur – das konnte er ja gar nicht, weswegen wir lieber seine Schwimmweste gesucht haben. Nils hat sie gefunden. Sie lag bei den Sommer-Outfits und war gelb und zum Aufblasen.

Wir haben sie Gusti probeweise angezogen.

Nils hat gesagt, Gusti sieht aus wie eine gelbe Boje.

Hannes hat gesagt, Gusti sieht aus wie ein gelber Wasserball.

Polly und ich haben gesagt, Gusti sieht aus wie ein gelbes Rettungsboot.

Gusti hat gar nichts gesagt. Er hat versucht, das Ding wieder abzustreifen. Ich glaube, Gusti hasst die Rettungsweste!
Dann sind wir los. Gusti musste in sein Wägelchen, denn der Weg zum See war bei der Hitze zu weit für ihn. Wir haben ihm eine Kapitänsmütze aufgesetzt. Die passte ja irgendwie zum See.

Am See war schon voll was los. Tausend Leute mit Kindern und Luftmatratzen und Picknickkörben lagen herum und natürlich war auch unsere halbe Klasse schon dort.
Der Viola-Posselbeck-Fanklub lagerte unter einem Kastanienbaum und hat sich gegenseitig mit Sonnencreme eingesprüht. Außerdem haben sie dauernd wild mit den Händen gewedelt, um die Mücken und Fliegen zu vertreiben.
Nils dachte erst, die machen ein seltsames Abklatschspiel, das kein Mensch versteht, denn Inga Waldmann hat Viola eine geknallt.
Viola hat sofort gebrüllt wie am Spieß. Inga hat behauptet, dass es ein Versehen war, aber Viola hat ihr nicht geglaubt, das hat man gemerkt. Ich hab's auch nicht geglaubt. Beinahe hätten die beiden angefangen, sich zu kloppen, aber dann haben sie uns entdeckt.

»Da kommt der Pups-Mops«, hat Inga gesagt. »Willst du ihn nicht noch mal hochheben und drücken, Viola?«
Ein paar Kinder haben gelacht, aber da hat Viola gesagt: »Hast du eigentlich noch Heuschrecken auf dem Kopf, Inga? Oder sind sie dir schon ins Gehirn gekrochen?«

M

Jetzt haben eindeutig mehr Leute gelacht und Inga hat wütend auf einem Grashalm herumgekaut. So eine Fanklub-Mitgliedschaft ist eben nicht einfach, HAHA!

Wir haben uns ein Stück weit weg von denen ins Gras gesetzt und Gusti die Schwimmweste angelegt. Man konnte merken, dass viele aus dem Fanklub Gusti jetzt gern mal geknuddelt und gestreichelt hätten.

Zwei Fanklub-Mädchen sind aufgestanden und wollten rüberkommen, aber Viola hat sie mit einem Zischen wieder zum Umdrehen gezwungen. Und dann hat sie angefangen, ganz laut von ihrem bevorstehenden Urlaub zu erzählen, damit es auch alle hören.

»In drei Tagen gehe ich mit meinem Papa zum Camping, das ist viel besser als New York. Natürlich nicht in einem doofen Zelt, sondern in einen Luxus-Wohnwagen mit WLAN und Jacuzzi und dann haben wir voll viel Spaß, mein Papa hat nämlich bestimmt Wasserski und damit düsen wir dann über den See und mein neuer Bikini ist silberweiß und pink und …«

Es hat aber keiner mehr zugehört, weil jetzt alle Gusti beobachtet haben. Denn der wollte nur eins – ins Wasser. Inzwischen waren noch ein paar Freunde von Hannes und Nils aufgetaucht und wir sind alle zusammen wie eine lange Mops-Parade zum See gelaufen.

Gusti ist sofort ins Wasser gestürmt und hat erst mal ausgiebig geplanscht und getrunken. Dann ist er noch weiter rein, bis zur Brust. Und plötzlich kam eine große Welle von einem Motorboot und hat ihn – wupps – mitgerissen, sodass es ihn zehn Meter weit von uns weggespült hat.
Wir sind total erschrocken!

GUSTI!

Aber zum Glück hatte er ja seine gelbe Schwimmweste an und ist damit auf dem Wasser getrieben, immer weiter auf den See hinaus. Er sah jetzt wirklich aus wie eine Boje.
Polly und ich sind sofort hinterhergeschwommen. (Zum Glück sind wir total gute Schwimmerinnen – wir waren schon im Kindergarten zusammen im Meerjungfrauenklub.)

Als wir bei Gusti ankamen, hat er wie verrückt mit den Beinen gepaddelt und Wasser geschluckt. Wir haben ihn uns geschnappt und an Land gezogen.
Dort hat Gusti sich kurz geschüttelt und dann hat er Rudi etwas zugebellt, der dösend auf dem Kastanienbaum saß. Rudi hat es uns übersetzt.

»Schnucki, grill doch Aal?«, hat Polly geraten.
»Schnucki, grill doch Wal?«, hab ich geraten.
»Gusti, chill doch mal?«
»Gusti will noch mal?«
»Gusti will noch mal!« Na, klar, das hat Rudi uns gesagt!

Es machte ganz den Eindruck, als ob Gusti sich zum Wassersportler mauserte. Wenn Oma Krause das wüsste …
Wir haben also Quadratwurst-Schwimmen mit ihm gespielt, dabei hatten wir nicht mal eine Wurst dabei.

Gusti ist auch so von einem zum anderen getrieben und sah dabei ein bisschen aus wie ein glücklicher betrunkener Matrose. Jedenfalls bis zu dem Moment, wo er auf einmal untergegangen ist.
»BLUBB!«

OH NEIN!

Dann kam er wieder hoch und hat Wasser gespuckt und nach Luft geschnappt. Seine Schwimmweste hing irgendwie seltsam schlaff an seinem runden kleinen Körper. Hannes hat sie angefasst und meinte: »Ey, da ist gar keine Luft mehr drin. Die hat bestimmt ein Loch! Deshalb ist er untergegangen!«
Stimmt. Aber jetzt hielt sich Gusti allein über Wasser. Er hat nämlich wild gepaddelt.
Hundepaddeln = Schwimmen! Gusti hat gerade schwimmen gelernt!
Jetzt hat er es selbst bemerkt und hat ganz erstaunt und glücklich eine Runde im See gedreht.
Hurra! Gusti, du süßer Meerjungmann!

Nils hat gleich sein Handy geholt und Gusti gefilmt, damit Oma Krause selber sehen konnte, was für einen tollen Hund sie hat. Und ich hab auf einmal gedacht, dass wir ja doch letztendlich mit Gusti alles das machen konnten, was wir uns von einem Hund erträumt hatten. (Außer vielleicht, dass Gusti uns aus dem See rettet. Aber man kann eben nicht alles haben.)

Als wir wieder an unserem Platz saßen, kamen ganz viele Kinder an und wollten mit Gusti spielen. Auch der halbe Fanklub. Nur Inga nicht, die saß beleidigt unter dem Baum und hat immer noch auf einem Grashalm herumgekaut. Polly hat mir zugeflüstert, wenn sie so weitermacht, wird sie noch zur Kuh und dann können wir auf sie aufpassen. HAHA!

Viola hat kein Gras gekaut, sondern ein Eis am Stiel gegessen und dabei laut weiter von ihrem Urlaub geschwärmt. Dann hat sie mit dem Eis nach einer Fliege gehauen und das Eis ist vom Stiel gerutscht und in hohem Bogen durch die Luft geflogen. Genau vor Gusti ist es gelandet. Er hat es mit einem Happs verschlungen!
Hat er sich ja auch verdient. Echte Leistungssportler dürfen auch mal ein Eis haben!

Das war so ein schöner Tag, dass ich ganz vergessen habe, über diesen Jochen und seine doofe Tochter nachzudenken. Ich hab irgendwie gar keine Lust mehr auf Camping …

Ich wollte mit Polly noch Gottfried füttern, aber der Professor war schon wieder aus dem Urlaub zurück. Er hat sich bei uns bedankt und mir drei Euro gegeben. Ich hab sie kommentarlos an Polly weitergereicht. Sie war schließlich Gottfrieds Liebling.

Am Nachmittag sind wir dann ein letztes Mal zu Hugo gegangen, um uns zu verabschieden. Heute kam Monsieur Bordeaux ja zurück.
Hugo hat schon vor seinem Häuschen auf uns gewartet. Na ja und ehrlich gesagt auch auf die Heuschrecken. Diesmal haben wir sie ihm aber KALT gegeben, damit er sie nicht erst fangen musste. WÜRG.

Wir haben Hugo dann ein letztes Mal vorsichtig hochgehoben und in seine süßen Knopfäuglein geschaut und dann haben wir noch sein Gehege sauber gemacht:

Neue Wühlhaufen
Frisches Wasser
Frische Apfelschnitze
Frische Sägespäne

Gerade als wir fertig waren, hat sich ein Schlüssel im Schloss gedreht und Monsieur Bordeaux kam zurück.
»Fellfreundä«, hat er freudig gerufen. »Alle in Ordnung? Die Ügo ist gesund?«
»Supergesund.« Ich hab auf Hugo gezeigt, der fröhlich seine Runden im Laufrad gedreht hat.
»War die Beerdigung schön?«, hat Hannes sich noch höflich erkundigt.

»Gut, gut«, hat Monsieur Bordeaux gerufen. »Na, wo ist denn meine kleine Ügo? Meine Bonbon? Meine Schatz?« Als Hugo seine Stimme gehört hat, ist er sofort zum ihm gerannt. Wie goldig! Monsieur Bordeaux hat Hugo hochgehoben und ihm einen Kuss gegeben. Dann hat er die Tür von dem kleinen Zaun in Hugos Zimmer aufgemacht und Hugo durfte jetzt durch die ganze Wohnung rasen. Das war ein Spaß!
»Habe schön aufgepasst mit die Kralle?«, wollte Monsieur Bordeaux von uns wissen.

»Welche Kralle denn nur?«, hab ich gefragt. »Hugo hat doch überhaupt keine scharfen Krallen?«
»Nein?« Monsieur Bordeaux hat die Augen aufgerissen. »Sie sind blind? Hugo hat tausend Kralle!« Damit hat er Hugo hochgehoben. Und auf Hugos Stachel gezeigt.
ACH SO! Der meinte die ganze Zeit Hugos Stacheln!
»Das heißt Stachel«, hat Polly gesagt. »Nicht Kralle.«
»Oh làlà! Was für eine riesige Idiot ich bin. Haha!« Monsieur Bordeaux hat sich an die Stirn gepatscht, um seine eigene Blödheit zu demonstrieren. Wir haben herzlich mitgelacht. Dann hat er seine Geldbörse aufgemacht und einen Zwanzigeuroschein rausgeholt. Oh. Na gut, wenigstens fünf Euro für jeden von uns. Und Hugo war ja voll süß und die Sache wert.
Da hat Monsieur Bordeaux noch einen Zwanziger rausgeholt. Super, zehn Euro für jeden!
Dann noch einen Zwanziger. Oh làlà – das macht für jeden äh …
Und noch einen. Dann hat er aufgehört.
20 Euro für jeden!

WOW!

Wir haben uns von Hugo verabschiedet und dann ist Hugo in die Jackentasche von Monsieur Bordeaux geklettert und hat es sich dort gemütlich gemacht. So niedlich!
Als wir schon an der Tür waren, fiel mir noch etwas ein.
»Monsieur – hatten Sie mal eine Schlange?«, hab ich gefragt.
»Ja, ja!« Monsieur Bordeaux hat ein zerknittertes Foto herausgeholt. Darauf war er mit einer RIESIGEN Schlange zu sehen. Hilfe …

»Meine süße Colette.« Monsieur Bordeaux hat ein Tränchen weggewischt. »Meine Baby.«

»Sehr schön«, hat Polly gestammelt. »Und wo äh … ist die süße Colette jetzt?«
»Irgendwo!« Monsieur Bordeaux hat verzweifelt seine Hände hochgehoben. »Irgendwo in die Stadt. Süße Colette ist fortgelaufe! Wenn Sie Colette sehe, bringen Sie zurück, okay? Gibt es Findälohn! Ganz viele Findälohn!«
»Klar. Supi«, hat Polly versprochen. »Machen wir.«
Unten auf der Straße haben wir uns angeguckt. Und dann habe ich gesagt, dass wir meiner Meinung nach erst mal genug Geld verdient haben und den Finderlohn nicht so dringend brauchen. Fanden die anderen auch. Gott sei Dank.

SORRY, COLETTE.

19. Camping mit Überraschung und ein neuer Job!

An den nächsten beiden Tagen war es wieder total heiß und deshalb sind wir immer früh mit Gusti zum See gegangen. Er ist bereits geschwommen wie ein Weltmeister und außerdem haben wir Gusti auf der Wiese dort noch ein paar Tricks beigebracht. Mit der Hilfe von Wiener Würstchen. Aber trotzdem! Er war superklug! Für ein Stück Wurst hätte Gusti glatt noch Autofahren oder Tango tanzen gelernt. Es kamen jetzt auch immer jede Menge andere Leute und Kinder angelaufen, die zugesehen haben. Sie haben »Gusti, super!« und »Gusti du machst das toll!« gerufen und manchmal hat auch jemand geklatscht. Er war mittlerweile ein richtiger kleiner Promi und hätte seinen eigenen Gusti-Fanklub gründen können. (Aber Wurst hat ihn mehr interessiert.)

Was Gusti mittlerweile alles konnte:

- zwanzig Minuten lang schnell laufen!
- allein die Treppen runterlaufen (wir mussten ihn nicht mehr tragen)
- allein die Treppe wieder hochlaufen
- mit uns Verstecken spielen
- schwimmen wie ein kleiner Delfin
- »Platz« und »Sitz« und »Pfötchen geben« und »Männchen machen«
- in die Luft springen und Leckerli fangen
- einen Ball zurückbringen

Bravo, Gusti! Super!

An unserem letzten Gusti-Tag sind wir noch einmal mit ihm in den Park gegangen. Wir brauchten das blöde Wägelchen überhaupt nicht mehr! Gusti ist mit uns eine große Abschiedsrunde gelaufen. Er sah so süß aus in seinem Schotten-Outfit.

Und der Viola-Posselbeck-Fanklub hat sich in seine Einzelteile aufgelöst, weil alle lieber mit Gusti spielen wollten. Trotz Pupsgefahr, HAHA!

Als wir auf der Wiese saßen, ist Rudi zu Gusti hingeflattert und hat lange mit ihm geredet. Ich schwöre es! Und dann hat Rudi zu uns gesagt:

»Mutti quiekt Mord?«, hat Hannes geraten.
»Mutti liebt Lord?«, hat Nils geraten.
»Gusti fliegt fort?«, hat Polly geraten.
»Gusti liebt Sport?«, hab ich geraten.
»Na klar – Gusti liebt Sport!«, haben wir alle vier gerufen.

Zum Schluss hatte Gusti auf der Hundewiese sein allerschönstes Erlebnis. Es kamen nämlich drei wuschelige Hunde an und wollten mit ihm spielen. Und dann ist Gusti das erste Mal in seinem Leben mit anderen Hunden durch den Park getobt. Juhu!
Ich glaube, in dem Moment war er der glücklichste Hund der Welt!

Am Nachmittag kam dann Oma Krause aus dem Krankenhaus zurück. Wir haben in der Wohnung auf sie gewartet und in der Zwischenzeit ein bisschen Fußball mit Gusti im Flur gespielt. Er war ein ziemlich guter Torwart!

Oma Krause konnte gar nicht fassen, was für ein schlanker junger Mann aus ihrem Gusti geworden war. Und was er alles konnte! Gusti hat auch voll angegeben und alles gezeigt, was er draufhatte.
Oma Krause hat gelacht und gesagt, sie hätte nie vermutet, dass in ihrem Gusti so eine Sportskanone steckt. Und wir haben ihr versichert, wie sehr Gusti es liebt, zu spie-

len und herumzurennen. Und dass er sein Futter lieber als Belohnung beim Sport bekommt.
Oma Krause hat geseufzt und gemeint, dass sie leider nicht mehr so viel laufen und herumrennen kann, deshalb ist Gusti wahrscheinlich auch so mopsig geworden. Weil sie selber auch lieber in der Wohnung bleibt.
Da hatte ich eine geniale Idee.
»Aber wir können doch immer mal kommen und mit Gusti spazieren gehen und spielen!«
Das fand Oma Krause auch eine super Idee!
Hurra, wir werden Gusti weiterhin sehen können!

Hurra!

Und dann hat Oma Krause uns ebenfalls **80 Euro** für die ganze Woche gegeben. **BOAH!** Wir werden ja noch richtig reich!

Zu Hause habe ich dann angefangen, meine Sachen für den Campingurlaub mit Mama zu packen. Hoffentlich gab es auf dem Campingplatz wenigstens ein paar Tiere. Ein Kätzchen oder so. Jemand, mit dem ich mich beschäftigen konnte, während meine Mama mit diesem Jochen und seiner Villy herumkicherte …

Was es auf dem Campingplatz für Tiere geben könnte:

- eine niedliche Katze, die irgendwie allen gehört und immer zwischen den Wohnwagen herumstreunert
- einen fluffigen Hund, der in der Sonne vor einem Zelt döst
- niedliche kleine Frösche am See (Papa einen mitbringen!)
- interessante Schlangen, so wie z.B. kleine Blindscheichen (aber hoffentlich nicht Colette …)
- Fische im See, die einem beim Schwimmen am Fuß kitzeln
- ein Reh, das morgens am Waldrand steht und darauf wartet, dass jemand es fotografiert

Und natürlich Mücken. Massenhaft Mücken.

Papa hat zu mir gesagt, dass Jochen und Villy bestimmt nett sind und dass ich die beiden doch erst mal kennenlernen soll.
Ich will die aber nicht kennenlernen! Ich will mit Mama alleine campen! Oder wenigstens Polly mitnehmen! Mit einer Freundin zusammen ist nämlich alles leichter.
Aber Polly konnte nicht mit, weil sie sich erstens um unsere Kaninchenbabys kümmern und zweitens ihren Eltern beim Renovieren helfen musste. Polly hat gemeint, sie würde tausendmal lieber mit Knochen-Jochen zum Camping als mit ihren blöden Brüdern Eimer mit Farbe anzurühren. Vor allem, weil die irgendwas Fieses planen, seit sie ihnen die Hundezahncreme untergejubelt hat. (Darauf ist Polly aber trotzdem noch stolz. Sie hat ihre Brüder beim Zähneputzen gefilmt und guckt sich das Video davon immer wieder gern an.)
Wir haben beide geseufzt und gefunden, dass das Leben gemein ist, und dann kam schon Mama, um mich abzuholen. Das ganze Auto war voller Camping- und Spielsachen:

Federballspiel
Schlauchboot
Luftmatratze
Wasserpistolen

Slackline
Wikingerschach
Hängematte
Klapptisch und Stuhl
Brettspiele

Mama hat gesagt, wir können doch alle zusammen »Mensch ärgere dich nicht!« spielen.
NA TOLL. Ich ärgere mich aber! Und zwar mächtig!

Dann hab ich mich von Papa und Fluffel und Puffel verabschiedet und wir sind losgefahren. Mama hat mir die ganze Zeit von dem Wohnwagen vorgeschwärmt, der supergemütlich ist und dass der Jochen super Ahnung von Pilzen hat und dass ich doch mit Villy im Schlauchboot paddeln kann.
Ich hab: »Hm«, gesagt und dann waren wir auch schon am Muggelwitzer See. Dieser Jochen mit seiner lästigen Tochter war zum Glück noch nicht da, sodass ich mit Mama in Ruhe auspacken und unseren Wohnwagen bestaunen konnte. Er sah aus wie eine silberne Brotbüchse und hatte sogar eine kleine Küche. Und eine tröpfelnde Dusche und ein müffelndes kleines Campingklo aus Plastik. WÜRG. Und jede Menge SPINNEN, weil seit letztem Sommer keiner mehr da gewesen ist.

Beim Anblick der Spinnen hab ich gleich bessere Laune bekommen. Reichlich Material! Vielleicht konnte ich ein kleines Spinnen-Terrarium draußen bauen? Dann kam mir diese Villy bestimmt nicht zu nahe.
Mama hat sich geschüttelt, aber mich kann seit den Heuschrecken nichts mehr erschüttern.
Ich hab eine Spinne vorsichtig auf meiner Handfläche spazieren lassen und gesagt: »Wie niedlich! Siehst du diese acht kleinen Beinchen?«
Mama hat ein bisschen gequiekt und ich habe mir vorgenommen, denselben Spruch bei dieser Villy nachher noch mal loszulassen. Denn in diesem Moment hat Mama gesagt: »Da kommen sie ja! Huhu, Jochen! Hier sind wir!«
Ein Auto mit offenen Fenstern kam angefahren und ein Mann hat herausgeguckt und gestrahlt, als ob heute Weihnachten wäre.

»Hallo, ihr zwei!«, hat er gerufen. »Ich hoffe, ihr könnt die Villy ein bisschen aufmuntern. Die ist nämlich sauer, weil sie eigentlich mit ihrer Mama nach New York wollte. Und weil sie sich den Wohnwagen

irgendwie anders vorgestellt hat. Mit WLAN und so.« Er hat sich halb kaputtgelacht.
New York? WLAN? Ein ungutes Gefühl stieg in mir auf und dann hat der Mann angehalten und die hintere Autotür aufgemacht. Und heraus stieg … Viola Posselbeck!!!
Ich fall gleich tot um!!! VILLY = VIOLA!!!
Mir ist vor Schreck die Spinne aus der Hand gefallen.
»Viola?«
»Frieda?«
»Ach, ihr kennt euch?«, hat Mama gesagt. »Das ist ja super! Dann könnt ihr gleich zusammen das Schlauchboot aufpumpen.«
Super? Ich wäre am liebsten sofort wieder nach Hause gefahren. Viola sah ebenfalls so aus, als ob sie in diesem Moment lieber mit Colette, der Riesenschlange, durch den Stadtpark gerobbt wäre, als hier mit uns auf dem Campingplatz zu sein.
Sie hat mit mürrischem Gesicht ihre Tasche in den Wohnwagen getragen. Die war offen und ganz obendrauf lag ein Bikini (Pink und Silber). Und ein Schaumbad für den angeblichen Jacuzzi. Und statt mit Wasserski über den See zu brausen, musste Viola jetzt mit mir mit dem Schlauchboot in die Entengrütze des Muggelwitzer Sees abtauchen. Fast tat sie mir leid.

Wir haben dann schweigend das Schlauchboot aufgepumpt und sind schweigend zusammen auf den See hinausgefahren. Und dann sind mehrere Wunder gleichzeitig passiert: Eine Libelle ist auf Viola gelandet und sie hat nicht gekreischt. Mücken haben sie umschwirrt wie ein Heiligenschein, aber sie hat nicht mit der Wimper gezuckt. Wir haben einen Frosch gesehen und sie hat auf einmal gesagt:

VIOLA HAT SICH KOMPLETT NORMAL BENOMMEN!
Von diesem Moment an haben wir zusammen geredet und Viola hat gesagt, dass der wahre Grund, warum sie sauer war, ist, weil sie mit ihrem Papa im Urlaub alleine sein wollte. Sie sieht ihn nämlich so selten. Das konnte ich total verstehen. Mir ging es ja genauso mit meiner Mama.

Am Abend haben wir dann noch eine kleine schwarze Katze getroffen, die wir streicheln konnten. Wir haben ein Lagerfeuer gemacht und Jochen hat Gitarre gespielt und gesungen. Es klang total schräg, aber Mama hat ihn trotzdem angehimmelt.
Viola hat heimlich die Augen verdreht. Ich auch. Und dann hat sie mir gestanden, dass sie immer Angst hat, dass Inga ihr die Freundinnen wegnehmen wird, weil Inga unbedingt Bestimmerin sein will. Deswegen muss Viola dauernd mit Inga kämpfen.
Ich hab gesagt, dass man echte Freundinnen gar nicht wegnehmen kann, die halten immer zu einem. Und dass sie auf die anderen verzichten kann.
Viola meinte dann, dass sie auch ein bisschen neidisch auf uns ist, weil wir immer so interessante Tiersitter-Jobs haben. Da hab ich ihr von Gottfried, dem eingebildeten Goldfisch, erzählt. Und von Colette, die irgendwo in

unserer Stadt herumirrt und die Leute in die Flucht schlägt. Da mussten wir beide so laut lachen, dass ihr Papa ganz aus dem Takt gekommen ist. Zum Glück. **Hihi.**

Was beim Camping noch alles passiert ist:

- Jochen hat aus Versehen seine Gitarre am Lagerfeuer angebrannt. Jammerschade. **HAHA.**
- Wir sind mit dem Schlauchboot umgekippt und ins Wasser gefallen, weil wir so sehr darüber gelacht haben.

- Wir haben ganz viele Himbeeren und Pilze gesammelt.

- An einem Morgen haben wir einen Fuchs gesehen.

- Einmal hat es nachts übelst in den Wohnwagen reingeregnet. Da hat Mama ganz entnervt gesagt: »Nächstes Jahr fahren wir nach Italien, da scheint immer die Sonne.« Yeah!

- Bei »Mensch ärgere dich nicht« hab ich immer gewonnen und Viola immer bei Scrabble.

- Viola und ich durften mit dem Dackel Otto von den Nachbarn spazieren gehen. Haben wir aber ohne Bezahlung gemacht. Weil Otto so süß war!

Am letzten Tag auf dem Campingplatz hat Polly angerufen. Sie hat mir erzählt, dass ihre blöden Brüder ihr aus Rache Ketchup in die Shampooflasche gefüllt haben und dass sie gestern einen schrecklichen Moment lang gedacht hat, ihre Haare bluten.
SO GEMEIN!
Ich wollte ihr gerade erzählen, dass Viola ohne Fanklub ein ganz normaler Mensch ist, aber da hat Polly mich unterbrochen.
»Wir haben einen neuen Job, Frieda«, hat sie gesagt. »Genau wenn du wieder zurückkommst. Und du ahnst nicht, um was für ein Tier wir uns kümmern sollen!«
»Was denn für eins?« Jetzt war ich aber gespannt.

»Ich sage nur eins: Dieses Tier hat nicht nur ein eigenes Zimmer wie Hugo – das hat seinen eigenen Pool!«

WOW!

Was kann das nur sein?
Ich kann es kaum erwarten!!!

Wie du eine Schatzkiste für deine Katze selber baust

Du brauchst:

- 1 Schuhkarton
- Schere
- Klebeband
- verschiedene kleine Bällchen oder quietschende kleine Spielsachen
- trockenes Katzenfutter oder Katzen-Snacks, was immer deine Katze gern frisst

Zuerst klebst du die zwei Hälften des Schuhkartons richtig fest mit Klebeband zusammen, damit der Karton nicht mehr aufgeht. Dann schneidest du runde Löcher in den Deckel des Kartons und auch in die Seiten, wenn du möchtest. Die Löcher müssen groß genug sein, dass die Pfote deiner Katze und auch die kleinen Spielzeuge hindurchpassen. Aber aufgepasst – sie dürfen auch nicht so groß sein, dass die Spielsachen bei einmal umdrehen aus der Box herausfallen!

Jetzt füllst du die Schachtel mit ein paar Spielsachen oder Snacks. Deine süße Katze wird die Schachtel wild hin und her schieben und wie eine Verrückte versuchen, an die Dinge darin heranzukommen.

Viel Spaß, kleiner Stubentiger!

Wie du einen Spielplatz für deine Kaninchen baust

Was du brauchst:

Große Papierröhren, Schuhkartons, Klebeband, Sand, Mini-Kegel, einen 1 m langen Stab

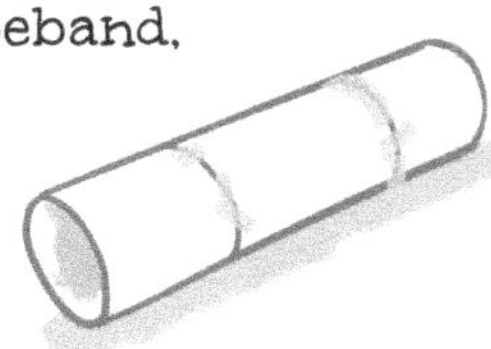

Tunnel

Klebe die Papierröhren (groß genug, dass dein Kaninchen durchpasst) aneinander, sodass sie ein Tunnelsystem ergeben, durch das dein Kaninchen rennen kann. Alternativ kannst du auch von deinem ersten Tiersitter-Geld einen Stofftunnel kaufen. Kaninchen lieben Tunnel!

Raschelkiste

Fülle einen Schuhkarton mit Blättern, Tannenzapfen oder Stoffresten. Kaninchen lieben es, darin herumzuwühlen und zu schnüffeln.

Buddelkiste

Fülle einen flachen Schuhkarton mit Sand, damit dein Kaninchen was zu buddeln hat.

Aussichtsturm

Klebe einen kleineren Schuhkarton mit der Öffnung nach unten auf einen größeren Schuhkarton (z. B. von Stiefeln) der mit der Öffnung nach unten auf dem Boden steht. Dein Kaninchen hat jetzt ein Türmchen, auf das es klettern kann. Kaninchen lieben es, auf einer Plattform oben zu sitzen und in die Welt zu schauen.

Bunny Bowling

Kaufe ein Set Mini-Kegel, am besten aus Holz (gibt es z. B. beim Babyspielzeug). Stelle die Kegel im Gehege auf und beobachte, wie dein Kaninchen sie voller Eifer umstößt.

Hindernishürde

Klebe jeweils die Enden des Stabes ganz fest mit Klebeband auf zwei Schuhkartons, sodass eine kleine Hürde entsteht. Jetzt kannst du dein Kaninchen mit etwas Futter trainieren, damit es darüberspringt!

Sport und Spaß mit deinem Hund

Nichts liebt dein vierbeiniger Freund mehr, als wenn du mit ihm zusammen etwas machst. Besonders, wenn es als Belohnung ein Leckerli gibt. Wie wäre es mit einer Hindernisstrecke für deinen besten Freund?

Slalomlaufen

Hierfür füllst du sechs leere große Plastikflaschen mit Sand oder Wasser, damit sie nicht umkippen. Dann stellst du sie im Abstand von 50 cm in einer Reihe auf. Nun lockst du deinen Hund mit einem Leckerli im Slalom hindurch. Irgendwann kapiert er, wie es geht, und macht es von selbst. Ganz viel loben!

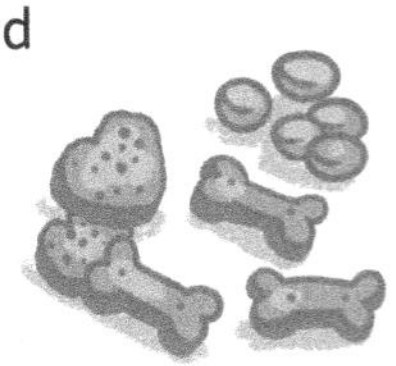

Durch Reifen springen

Am besten eignet sich dafür ein Hulahoop-Reifen. Der Reifen wird entweder von zwei Kindern rechts und links gehalten oder irgendwo aufgehängt und auch von unten befestigt, damit er nicht wackelt. Fange mit einer ganz geringen Höhe an, damit dein Hund keine Angst davor hat. Springt er hindurch, bekommt er ein Leckerli. Bleibt er stecken, weil er zu dick ist, muss er erst noch ein bisschen Slalomlaufen.

Durch Tunnel jagen

Hierfür eignet sich am besten ein Spieltunnel für kleine Kinder. Am besten schickst du deinen Hund durch den Tunnel, während ihn jemand am anderen Ende ruft und dann mit einem Stück Würstchen belohnt. Im Nu lernt dein Hund auf diese Weise, wie wunderbar und lohnend es ist, durch den Tunnel zu rasen. Jippieh!

Balancieren

Ein Baumstamm oder auch ein langes Brett eignen sich super, um Balancieren zu lernen. Wenn dein Hund wagemutig ist, kannst du das Brett auch auf zwei kleine Hocker legen, sodass es etwas höher ist. (Dann musst du deinen Hund allerdings hochheben.) Balancieren ist eine echte Herausforderung für einen Hund – genau wie für uns Menschen.

Wie du einem Igel in deinem Garten helfen kannst

Auch einheimische Igel sind superniedlich. Allerdings sind sie Wildtiere und keine Haustiere und dürfen niemals eingesperrt werden. Hier findest du Tipps, wie du einem Igel ein schönes Leben bereiten kannst.

Igel lieben gemütliche Haufen aus Laub oder Ästen. Besonders mit Pappe als Schutz gegen Regen werden sie zu einem kuscheligen Wohnzimmer für deinen Igelgast. Wähle dafür eine sehr ruhige Ecke deines Gartens.

Lass ein igelgroßes Loch in eurem Gartenzaun, damit der Igel (oder mehrere, sie vertragen sich) hindurchschlüpfen können. Pass auf, dass nichts Spitzes am Zaun ist, an dem der Igel sich verletzen kann.

Lass im Sommer das Gras in einer Ecke des Gartens schön hoch wachsen, das lieben Igel zum Verstecken und da gibt es auch leckere Insekten. Beim Rasenmähen solltet ihr supervorsichtig sein und die Wiese immer erst auf Igel absuchen!

In einen Komposthaufen kann der Igel kriechen. Er findet dort Nahrung, es ist wie ein Restaurant für ihn.

Stelle dem Igel eine flache Schale mit (täglich frischem) Wasser hin. Besonders im Sommer muss der Igel etwas zu trinken finden. Achtung – niemals Milch, das verträgt er nicht!

Wenn es im Herbst sehr schnell kalt wird, kannst du dem Igel etwas zu essen hinstellen, zum Beispiel Katzenfutter oder angebratenes ungewürztes Hackfleisch. Dein eigenes kleines Igelwirtshaus.

Bestimmt kommt auf diese Weise bald ein Igel zu Besuch in deinen Garten!